KB079826

그림으로 세상을 읽는 여자

그림으로
세상을 읽는
여자

마리아 가인사 지음
변선희 옮김

이수세나에게

나에게는 인생의 시각적 측면이
내용보다 항상 더 중요했다.
— 조지프 브로드스키

나는 그림을 볼 것이다.
릴리아나 마레스카가 자신에게 필요한
모르핀 용량을 주입한 뒤 말하곤 했다.
— 루크레시아 로하스

.

| 차례 |

드뢰의 사슴

사슴 사냥

알프레드 드 드뢰

그림에서 격세유전의 상징주의가 어떻게 고동치는지 느낄 수 있다. 선과 악, 빛과 어둠 사이의 줄다리기. 사슴은 숨이 끊기기 몇 초 전에 그려졌다. 개 한 마리가 등을, 다른 한 마리가 다리 하나를 물고 있다.

알프레드 드 드뢰를 처음 만난 것은 어느 가을날 정오였다.
그의 사슴은 정확히 5년 뒤에 보았다. 그 첫날 정오에 햇빛
이 날 때 집을 나섰지만 예고도 없이 비가 내리기 시작했
다. 노아의 홍수가 날 때처럼 비가 쏟아져 삽시간에 벨그라
노 동네의 좁은 도로들이 거무스름한 강으로 변했다. 여성
들은 길을 건널 수 있는 더 높은 지대가 어디인지 가늠하
면서 모퉁이에 무리 지어 있었다. 한 노파는 문을 열어주지
않는 버스의 옆구리를 우산으로 두드렸고, 가게 문에 있던
직원들은 빗물이 인도에 넘치는 것을 보고 지난번 홍수 뒤

에 사놓은 철로 된 수문을 서둘러 설치했다. 나는 외국인 그룹을 개인 미술 컬렉션에 안내해야 했다. 나는 그 일에 종사했고 나쁜 직업은 아니었다. 고객들을 기다리면서 어느 바의 처마 밑에서 비를 피하고 있는데, 택시가 도로 경계선에 너무 바짝 붙어 지나가는 바람에 내 노란색 드레스에 빗물을 뒤집어쓰고 말았다. 석 대의 자동차가 물웅덩이를 빠르게 지나간 뒤 비는 처음 내릴 때처럼 갑자기 잦아들었고, 유리구슬로 만든 커튼처럼 천천히 내리는 빗방울을 뚫고 내 고객을 태운 택시가 도착했다. 중년의 미국인 커플로 여성은 백인이고 남성은 흑인이었다. 그들은 택시 기사가 세탁소에서 방금 데리고 나온 것처럼 깔끔했고 옷이 하나도 젖어 있지 않았다.

전에는 넓은 정원으로 둘러싸인 작은 호텔이었으나 지금은 신합리주의 건물과 화려한 캘리포니아식 별장 사이에 끼어 있는 곳으로 우리는 들어갔다. 집사가 가구 사이를 뱀장어처럼 미끄러지면서 우리를 거실로 안내했다. 15분 뒤 눈에 잘 띄지 않는 여닫이문들이 열리고 수집가가 나타났다. 그녀는 나를 바라보았다. 나도 그녀를 바라보았다. 눈싸움에서는 그녀가 나보다 더 우세하다는 것은 의심할 나위가 없었다. 회색 옷을 입고 있었다. 입 주변에는 40대를 넘긴 여성의 고뇌의 잔주름이 있었고 날카로운 코는 날 선 무기였고 캐시미어 스웨터 위에 작은 동물 모양 황금색 브로치를 달고 있었는데 방문하는 내내 나와 거리를 두어서 무슨 동물인지 끝내 알 수 없었다.

그 여성은 전날 밤 나와 통화할 때와 동일한 불신감을 품고 나를 훑어보았다. 그녀는 내가 그림을 방문객에게 직접 소개해주어야만 갈 거라고 고집 피우는 이유를 모르겠다고 말했다. 나는 우리 회사의 부장이자 비서이고 인턴이자 안내자였다. 사업을 근근이 운영할 수 있도록 해주는 이런 프라이빗 투어들은 그런 식으로 진행된다고, 그녀에게 똑같이 설명하지는 않았지만 그러려고 노력했다. "좋아요. 보아하니 야망이 많으시네요. 12시에 기다리지요"라고 말하고 전화를 끊었다. 그리고 그다음 날 나는 왁스를 바른 바닥에 더러운 물을 뚝뚝 떨어뜨리면서 거기에 있었다. 그녀는 다른 신발을 가져오라고 했다. 잠시 후 나는 나에 대한 존경심을 모두 잃은 그룹을 위해 흰색 털 슬리퍼를 신고 안내 역할을 했다. 그들에게 통찰력 있게 설명하고 탁월한 안목을 보여주는 것만이 나의 실력을 보여줄 유일한 방법이었다. 내가 어느 정도 잘하고 있다고 느낄 때 납색 하늘 아래 나를 향해 질주해 오는 쥐색 말과 마주쳤다. 나는 여주인을 잠시, 정말 잠시 바라보았지만 내 눈은 어느 누구도 속일 수 없었다. 그녀는 만족스레 미소를 지었다.

"알프레드 드 드뢰. 대학에서 그에 대해 배우지 않았나요, 19세기에서?" 기다랗고 우아한 손가락 사이의 대리석 파이프 담배에 불을 붙이면서 말했는데, 손가락에 대해 자부심을 느끼는 게 분명했다.

"물론이죠. 훌륭한 그림이지요." 내가 답했다.

두 가지 거짓말이었다. 드뢰에 대해서는 한 번도 들어본 적이 없었고, 그 그림은 잘 그렸고 아름다워 보였지만 그 이상은 아니었다.

"아, 그런가요." 그녀가 말을 하고 담배 연기를 동그랗게 내뿜자 연기가 내 쪽으로 날아왔다.

내 고객들은 미국 사람 특유의 미소를 지었다. 그 표현은 그들의 단조로운 차림과 함께 호르헤 데 라 베가의 〈퍼즐〉의 거짓 미소를 연상하게 했다.

이미 말했듯이 드뢰의 사슴은 5년 뒤, 폭풍우 치던 4월의 어느 정오에 국립장식미술박물관에 갔을 때 보았다. 혼자였는데 나는 무언가를 처음 볼 때는 늘 혼자 가기를 좋아했고, 무릎까지 오는 세련된 장화를 신고 비에 대비했다. 내 신발과 관련 있을 수 있지만 이번 드뢰와의 만남은 불꽃이었다. A. S. 바이엇은 전기 충격이라고 불렀을 것이다. 그것은 나에게 예술의 모든 것은 미적으로 아름다워 보이는 것과 진정으로 너를 사로잡는 것 사이에 갭에 있다는 것을 상기시켜주었다. 그리고 가장 사소한 것들이 그런 차이를 만든다는 것이다. 그 그림을 보자마자 누군가는 나비의 날갯짓으로 묘사할 만한 동요를 느끼기 시작했지만 사실 나에게는 그다지 시적으로 다가오지 않는다. 내가 그림에 강하게 이끌릴 때마다 일어나는 동일한 현상이다. 내 두뇌를 자유롭게 하고 혈압을 올려주는 도파민이라고들 했다. 스탕달은 그것을 이렇게 표현했다. "산타 크로체 성당을 나설 때 심장이 강하게 뛰었다. 내 삶의 원천이 모조리 고갈되었다고 느꼈고, 걸으면서 넘어질까 봐 겁이 났다." 2세기 후 산타 마리아 누오바 응급실의 한 간호사가 미켈란젤로의 조각 앞에서 많은 관광객들이 졸도하는 것을 보고 놀라서 '스탕달 신드롬'이라고 이름 붙였다.

그날 정오, 나는 평정심을 유지하기 위해 겨울 정원으로 나갔다. 두 눈은 자석을 뺀 나침반 같았고 이리저리 흔들리면서 배의 갑판 위를 걷듯 비틀거리며 걸었다. 바람을 쐬고 그 그림을 다시 보기 위해 심리적으로 무장하고 돌아왔을 때 드뢰가 아직 그곳에 있는 것을 보고 안도했다. 그 그림은 한때 에라주리주의 식당이었던 곳에 걸려 있었다. 이 장소는 베르사유에 있는 것의 복사판으로 프랑스의 바로크식 살롱이다. 넓은 공간이지만 과하지 않고 가을에는 정원으로 연결된 커다란 창문을 통해 햇빛이 들어 기분 좋게 따스하겠지만, 경비원들이 벽돌 크기의 전기난로만으로 충분하다고 여겨 블라인드를 다 달아놓아서 싸늘했다.

실제로 그 살롱에는 드뢰의 그림 두 폭이 있고 둘 다 19세기 중엽에 그려진 사냥하는 장면이었다. 그러나 내 눈은 하나로 향했고 그림에 대한 설명은 항상 만족스럽지 않지만 그렇다고 해서 그림을 보지 않을 수는 없다. 그림은 높이가 높고 아랫부분에는 한 무리의 개들이 사슴 한 마리를 둘러싸고 있다. 윗부분은 그 방의 천장 높이에 그림을 맞추기 위해 나중에 덧붙인 거라고 생각한다. 푸른빛 하늘의 풍경이 있고 뭉게구름이 있고 평범한 나무가 있다. 매우 전통적인 그림이고 그 사실을 부정하지는 않지만, 그럼에도 나를 매료시키고 더 나아가 긴장하게 한다.

알프레드 드 드뢰는 일곱 살 때 대부와 함께 시에나를 거닐던 중 프랑스 낭만주의의 순교자, 위대한 테오도르 제리코(Théodore Géricault)를 만났다. 제리코는 그 도시에서 시모네 마르티니 학파를 연구하고 있었다. 초상화 예술의 설명할 수 없는 쇠퇴를 단독으로 막아보려고 노력했고, 그의 시선이 신중한 어린 알프레드에 머물렀을 때 훌륭한 모델이 될 거라고 생각했다. 어느 날 오후 시에나의 언덕에서 높새바람이 불어와 어린아이의 볼을 붉게 물들일 때 바위 위에서 알프레드 드 드뢰의 초상화를 그렸다. (사실은 테오도르 제리코의 작업실에서 그의 초상화를 그리고 배경은 나중에 지어냈다.) 청년을 어른의 축소형으로만 보던 시대로 봐서는 예리하고 시대를 앞서가는 그림이었다. 젊은 알프레드는 자신의 눈동자가 지닌 생동감과 활기찬 기백에 놀라워한다.

그것은 운명적인 만남 중 하나였다. 두 달 뒤 알프레드가 제리코의 파리 작업실로 찾아갔을 때, 이 대가가 표류하는 메두사호 뗏목의 서사적인 장면과 광기 어린 자들의 소름

끼치는 여러 초상화만 그리는 화가가 아님을 알았다. 제리코는 자연적인 상태의 동물도 그렸다. 인간을 묘사할 때와 같은 예리함으로 연구한 말, 사자 그리고 호랑이들이었다. 그 이미지들은 청년 알프레드의 무엇이든 받아들이기 쉬운 마음에 충격을 주었다. 몇 년 뒤 오를레앙의 공작이 자신의 축사를 그려줄 화가를 찾을 때 수백 명의 지원자 가운데 드뢰를 선택했는데, 프랑스에서 말을 가장 잘 그리는 화가라는 명성이 큰 몫을 했다. 1848년 혁명이 끝난 뒤 그의 재능에 대한 소문이 나폴레옹 3세의 귀에 들어가, 가족과 함께 영국으로 이주해야 했을 때 여러 차례 화가를 초대해 말을 타고 있는 초상화를 그리도록 했다. 드뢰는 영국에서 지낼 때부터 그의 삶을 힘들게 했던 간농양으로 파리에서 50세에 세상을 떠났다. 그러나 살롱에서는 그의 종양이 황제의 부관 플뢰리 장군과의 결투로 인한 상처라는 소문이 돌았는데, 망명 중인 왕정이 애써 감추려 한 세부 사항을 두고 의견이 충돌한 후의 일이라고 한다.

에라주리주의 손님들은 이 그림들을 보고 무슨 생각을 했을까? 그들 중 누군가는 드뢰의 작품들을 보려고 멈추어 섰을까? 아니면 베이지색 벽지를 보듯 그냥 지나쳐 갔을까? 나는 그들이 식탁에 둘러앉아 있는 모습을 상상한다. 첫 코스가 끝나자 문이 열리고 주방장이 수증기에 찐 야채와 감자에 얹은 고기를 파슬리를 뿌리고 신선한 버터 한 조각을 곁들여 가지고 들어온다. 그 뒤를 요리사 중 하나가 수렵용 나팔 무늬가 가장자리에 새겨진 소스 그릇을 들고 따라온다. 식사를 하는 누군가가 칠레와 조약을 맺어서 전쟁은 피했다고 말했다. 전쟁은 없을 것이다. 에라주리주 씨는 더 상세한 내용을 알고 있다. 어찌 되었든 자기 나라의 대사다. 뒤늦게 합석한 그의 부인 호세피나는 남자들의 대화에 관심을 보여야 한다고 생각한다. 미소를 짓지만 눈꼬리로는 우측에 앉아 있는 나이 든 여성의 상한 얼굴을 보고는 얼마 후면 그녀처럼 될까 봐 소스라치게 놀란다. 그녀가 시간을 거스르려는 듯 손을 치켜서 흔들어대자 혈압이 내려가 그녀의 하얀 피부가 더 도드라졌다. 시간이 좀 더 지나 사람들이 탁자에서 일어나면 그녀는 카드놀이를 하러 갈 것이다. 그림을 보는 유일한 사람은 나이가 지긋한 알베아르 부인이다. 한때 유명한 소프라노 레지나 파치니였다. 그녀의 시선은 그림 속 살아 있는 사슴에서 접시 위에 가늘게 썰린 채 죽어 있는 사슴 사이를 왔다 갔다 한다. 식당에 인접한 르네상스풍 거실에서 나뭇잎 사이로 시계가 시간을 알린다. 알베아르 부인은 한기를 느끼지만 찬 공기 때문이라고 여긴다. 최근 들어 자신이 느끼는 것이 무엇인지 구별하지 못한다.

수렵 장면은 드뢰 시대에는 일상적인 것이었다. 중세에 등장한, 계급을 표시하는 스포츠를 연상시켰는데, 그 당시 수렵은 귀족의 취미였고 전쟁을 준비하는 유일한 수단이었다. 그 부산물로 비록 자신들에게 불리한 것이지만 귀족 자신들을 평가할 수단을 제공해주었다. 그들끼리만 빅게임을 즐기기 위해 지주들이 숲에 접근하는 것을 금지했다. 그들이 중요한 사냥감을 차지하고 농부들은 주변 도로를 배회하는 새나 토끼를 잡는 데 만족해야 했다.

시에나의 이탈리아 예술과 북쪽의 플라멩코 예술이 합쳐져 19세기 말 궁정에서 고딕 예술이 출현했다. 가장 매력적인 예 중 하나가 『베리공의 지극히 호화로운 시도서(時禱書)』로 알려진 중세 필사본에 있다. 거기, 12월 달력에 숲속에서 한 무리의 개들이 멧돼지 한 마리를 둘러싸고 있다. 드뢰의 축소판 같다. 화가가 나폴레옹 3세와 함께 그 책들이 보관된 샹티이 성을 방문했을 때 이 이미지들을 보았을 것이다. 드뢰는 제리코로부터 배운 시각적 예리함에 필사본에서 영감을 받은 나른하고 양식화된 접근법을 첨가해 변덕스레 혼합된 이 두 요소를 가지고 빈 공간이 없는 이미지들을 창조했다. 재료들이 마디마디에 만연하다.

그림에서 격세유전의 상징주의가 어떻게 고동치는지 느낄 수 있다. 선과 악, 빛과 어둠 사이의 줄다리기. 사슴은 숨이 끊기기 몇 초 전에 그려졌다. 개 한 마리가 등을, 다른 한 마리가 다리 하나를 물고 있다. 사슴은 쓰러지기 직전이고 혀는 밖으로 나와 있고 목은 많이 수축되어 있으며 람페두사의 『표범』에서 산토끼가 황태자를 바라보는 무력하고 놀란 눈으로 우리를 바라본다. "돈 파브리지오 공작은 연녹색 베일로 가려진 두 검은 눈동자의 시선을 받았는데, 이 시선은 원한은 없지만 고통스럽고 놀란 표정으로 사물들의 질서 정연한 것들을 비난한다." 람페두사는 사물들이 사라지기 전에는 빙빙 돌면서 반짝이는 달팽이 꼬리 같은 자취를 남기고는 기억 속으로 사라진다는 것을 잘 이해했다.

3년 전 대학 시절 한 친구가 프랑스 수렵지 주변으로 산책을 하러 갔다. 언니를 만나려고 파리에 갔는데 그 언니는 최근 랑콤에서 떠오르는 스타가 되었고 벨기에 백만장자를 만나 자녀 둘을 두었다. 내 친구는 미혼이고 직업을 계속 바꿔서 여행할 돈이 없었지만 언니가 비행기표를 사줄 테니 파리로 오라고 했다.

 친구가 금요일 오전에 도착하자 언니는 시골의 한 성에서 주말을 보내기 위해 초대를 받았다고 했다. 친구와 그녀의 언니는 비가 올 것 같았지만 오후에 차를 타고 떠났다. 저기압이었고 그들이 성에 도착하자 비가 쏟아지기 시작했다. 깃털 이불의 포근함 때문에 내 친구는 다음 날 늦게까지 잠을 잤다. 나는 그녀가 세수를 하는 동안 점심 식사를 알리는 종의 금속성이 들리자 서둘러 내려갔다고 상상한다. 그녀가 등장했을 때 이미 20여 명의 초대 손님들은 정원을 거닐고 있었고, 야외의 차일 밑에 차려진 기다란 식탁을 향해 좀비처럼 걷고 있었다. 그들을 따라갔다. 언니는 잠시 후에 도착해서 반대편 끝에 자리를 잡았다. 전날 밤의 스키 점퍼 대신 초록색 로덴 케이프로 갈아입었다. 세찬 바람이 이따금 차양을 들추는 바람에 정원과 물이 보이지 않을 정도로 잎이 빽빽하게 떨어져 있는 연못이 보였다. 거대한 나무들은 아직도 밤에 내린 폭우로 맺힌 빗방울을 떨구었다. 너무 오래된 고목나무들은 금속 대들보로 가지들을 받쳐주어야 해서 목발을 짚은 거인처럼 구부정해 보였다. 내 친구는 옆 자리에 앉은 건축가 부부와 잠시 대화를 나누었으나, 가을 공기가 차서 기회가 오자 잠시라도 몸을 따뜻하게 하려고 햇볕이 비추는 곳으로 의자를 끌고 갔다. 여전히 커피를 마시는 중이었다. 그때 아홉 살 때부터 사슴처럼 다리가 길었던 친구가 자리에서 일어나 다리를 좀 펴야겠다고 말했다. 프랑스 청년이 함께 동행해주겠다고 했다. 청년은 기다란 가로수 길 끝까지 갔다가 돌아오자고 제안했다.

그들은 천천히 걸었다. 길이 진흙투성이고 목마황 나무들 사이로 바람이 불어왔다. "산토끼들의 계절이지요. 저기 한 마리 있네요." 청년이 말했다. 가로수 길 끝에 다다르자 다시 돌아오기 시작했다. 저 멀리, 이웃 숲에서 나팔 소리가 들렸다. 누군가 돌아가자고 개들을 부르고 있었다. 그 순간 친구의 부츠 한쪽이 진흙에 빠졌다. 친구는 발을 빼려고 허우적거렸다. 50센티미터 앞에서 청년이 손을 내밀었지만 거절했다. "혼자 할 수 있어요"라고 초조해하며 중얼거렸다. 잠시 후 유탄이 그녀의 폐 높이로 등을 스쳐 지나갔다.

그녀는 진흙 위로 쓰러졌다. 프랑스 청년은 그녀의 놀란 표정을 보았다. 그녀의 표정은 마치 "이게 다인가?"라고 말하는 것 같았다. "다 끝난 거야?"

나는 그녀를 한 달 전 거리에서 만났는데 10년 만의 만남이어서 잠시 서로 안부를 물었다. 서른다섯 살의 매력적인 여성이었고 새 애인이 생겼다. 경매장에서 일을 많이 해도 수입이 적었으나, 아직 아이를 갖고 싶지 않아서 개의치 않았다. 그녀를 생각할 때마다, 부츠가 진흙에 빠지고 총알이 스쳐 지나간 바로 그 지점에 멈춰 섰던 순간을 생각한다. 나는 어리석게도, 만일 친구가 겪은 상황에서 죽음을 맞이했다면 어땠을지를 생각해보지만 잘 모르겠다. 내가 이 얘기를 왜 하고 있는지도 모르겠는데, 항상 그런 생각을 한다. 우리는 다른 이야기를 하려고 무언가를 쓴다.

고마워 찰리

야타이티 코라 전투

칸디도 로페스

한 경비원이 그림들 앞에서 마테차를 빨고 있는데 다른 할 일이 없어 몇 시간 동안 그림들을 보고 있다. 특히 〈야타이티 코라 전투(Battle of Yataytí Corá)〉라는 그림을 보고 있는데, 그는 이것을 "검은 그림"이라고 부른다.

고마워,
찰리

잠에서 깨니 안개가 끼어 있었다. 그런데 보통 안개가 아니었다. 마치 리넨 천이 세상 위에 내려앉은 것 같았다. 아파트 창문에서 보이는 건조한 목초 광장과 동판 조각이 도난당한 뒤로 누군지 아무도 기억하지 못하는 어느 명사의 두상이 없는 기념물, 개들은 대리석 주춧돌 주변에서 쿵쿵거리고 그 주인들은 둥그렇게 서서 수술용 마스크를 쓰거나 손수건으로 얼굴을 가리고 대화를 나누고 있는 이 모든 모습들이 유령처럼 자욱했다. 런던의 안개 같지만 습기가 많은 으스스함은 없었다. 칙칙하고 건조하고 광이 없는 화강

암색이었다. 서쪽에서 도시 쪽으로 진행되었다. 폭이 2킬로미터인 재의 기둥이 델타로부터 몰려왔다. 거기서는 헬리콥터들이 며칠 전부터 통제되지 않는 목초지 화재를 진압하려고 애쓰고 있었다. 몇 시간 전에 공항들을 폐쇄하고 헌병대는 수도에 진입하려는 차량들을 통제했다.

뉴스에서는 걱정할 필요가 없다면서 공기 중 일산화탄소량이 적다고 했지만 나는 일산화탄소량을 걱정하지 않을 수 없었다. 나는 스트레스를 많이 받으면 당황하곤 한다. 한번은 배에서 멀미를 하기 시작하자 머리가 폭풍우에 휘말린 싸구려 우산처럼 빙글빙글 돌았다. 나는 몹시 절망하며 동료들이 상어가 출몰하는 지역이라고 소리치는데도 물로 뛰어들었다. 나는 몸이 안 좋다고 느끼면, 아무리 큰 위험이 있다 해도 내 개인적 상태보다 실감이 나지 않는다. 이제 나에게 유일하게 중요한 것은 안개로부터 도망치는 것이었다. 나는 도시를 떠나자고 남편을 설득하려 했고 남쪽을 향해 가면 연기가 조금도 없는 맑은 하늘이 있는 곳에 도착할 수 있다고 했다. 내가 임신하기 전에는 무슨 수를 써서라도 설득을 했지만 최근 들어 남편의 대답은 "아니"라는 말로 시작한다.

그래서 나는 차에 올라타 직접 운전을 했고 혼자 생각할 여유가 생겼다. 시동을 걸기 전 선글라스를 꼈고 차도르가 있다면 그것도 썼을 것이다. 에어컨을 켰지만 좋은 생각이 아니었다. 사포 같은 거친 바람이 내 얼굴을 강타한 것이다. 기침을 하며 에어컨을 끄고 코리엔테스를 거쳐 남쪽으로 향했다. 어디로 갈지 잘 몰랐으나 내 생존 본능은 나를 항상 박물관으로 데려간다. 마치 전쟁 중에 사람들이 방공호로 달려가는 것과 같다. 나는 도시 반대편에 있는 박물관을 기억해냈고 한동안 방문하지 않은 것이 이상하게 여겨졌다. 내가 좋아하는 화가의 그림이 있기 때문이다. 임신 기간 동안 나는 몇 주 휴식을 취해야 했고 내 예술적 이력이 녹슬기 시작했다. 나는 재정비를 하기 위해 가는 내내 혼자 중얼거렸다. 신호를 기다리는 동안에는 입술을 움직이지 않으려고 노력했다. 옆 차에 탄 사람들이 내가 정신 나갔다고 생각하지 않게 하기 위해서였다. 내가 기억하는 이야기의 조각들을 되뇌었고, 창문을 닫았지만 계속 기침이 났다. 마치 지하 발굴지에서 잃어버린 3개의 뼛조각을 찾아서 피조물에 끼워 맞추려 하는 고생물학자 같았다.

칸디도 로페스는 실상의 본질에 닿으려면 먼저 그 모양을 일그러뜨려야 한다는 것을 알고 있었다. 그의 스승 만초니는 로페스에게서 진정한 예술가의 표징을 봤다고 믿고 그에게 유럽으로 갈 것을 제안했다. 칸디도는 가진 돈이 없어 초상화를 그리거나 은판 사진을 찍으러 부에노스아이레스 주변으로 나갔다. 카르멘 데 아르코 지역에 도착했을 때 카니발에서 만난 젊은 미국 여성 외에는 그릴 만한 것이 없었다. 밀 같은 황금빛 머리를 땋은 그녀는 남편이 있는 여자였다. 칸디도는 여행을 계속했다. 남아 있는 그 당시의 가계부에서 수입과 지출 그리고 메르세데스, 브라가도, 산 니콜라스 데 로스 아로요스와 같은 마을들에 대한 기록을 읽을 수 있다. 그의 마지막 기록은 1865년 4월 12일에 멈추고, 그날 오후 칸디도 로페스는 성냥을 샀다.

바로 그날 아르헨티나의 미트레 대통령이 파라과이 제독 솔라노 로페스가 우루과이의 블랑코 당을 도우러 코리엔테스 항구로 내려가게 허락해달라고 요청한 것을 거부한다. 그에 대한 답으로 솔라노 로페스는 아르헨티나 함대의 배 두 척을 나포한다. 부에노스아이레스에서는 항구 사람들이 대통령궁 앞에 모여 "독재자에게 죽음을!"이라고 외친다. 아르헨티나는 파라과이에 대항해 브라질과 우루과이와 동맹을 맺는다. 이렇게 해서 삼국 동맹 전쟁이 시작되었다. 솔라노 로페스의 독재를 저지하려 한다는 명분이었지만 전쟁에는 항상 적어도 양측의 이야기가 존재한다. 그 배후에 자유로이 흐르는 파라과이강이 있다. 해안 지역 주민들에게는 국가 간의 전쟁이라기보다는 내전이다. 그러나 칸디도 로페스는 항구 출신이고, 미트레 추종자가 전쟁을 선포하자 산 니콜라스에서 구성되는 방위군 대대에 서둘러 입대했다. 카르멘 데 아르코 지역에서 만난 미국 여성을 잊으려고 그랬다는 사람들도 있고, 종군 기자가 되는 게 그의 목표였다고 말하는 사람들도 있다. 그는 가죽 가방에 공책과 연필을 지니고 다녔다. 만초니는 그에게 경고했다. "화가로서의 미래를 망치고 있는 거야."

짓궂은 소년들이 주차된 차량의 보닛에 "나를 세차해주시오"라고 쓴다. 재가 천천히 내려앉아 세상이 점차 흐려진다. 모든 것이 그리자유의 그림 같다. 옆 차량의 남성이 외과용 마스크를 쓰고 있는 모습을 봤다. 나는 너무 두려워하고 있었지만 마스크를 쓰고 있지 않으니 내가 재에 면역

이 있는 듯 느낀다. 잠시 동안 내가 무엇을 하고 어디로 가는지 잊었다. 내 인생의 작은 행복들은 항상 현실에서 약간 벗어난 곳에 있다. 배 속의 태동이 나를 현실로 돌아오게 했다. 한 달 사이 배가 많이 불렀다. 아기의 성별은 아직 모르지만, 이 아이에게는 모든 것이 미래고 무엇이든 가능하고, 아이는 따뜻한 양수 속에서 최상의 상태에 있다. 엄마가 나를 재우려고 내게 불러주던, 질리게 하는 노래가 기억난다. "무엇이 될까, 무엇이 될까?"라는 노래는 내 마음을 당혹스럽고 우울하게 했다. 운명을 받아들이는 것이 아니라 내가 대답해야 하는 하나의 질문이라고 생각했기 때문이다. '내가 무엇이 될지 도대체 내가 어떻게 알지?'라고 생각하곤 했다. 증오스러운 노래, 나는 그 질문에 답하느라 유년기를 망쳤다.

산 니콜라스 방위군의 대대는 강물이 허리춤까지 오는 바텔강을 건넌다. 습지와 모래밭을 건너며 4일간 행군하자 사망자들이 생긴다. 칸디도 로페스는 군대를 스케치하면서 계곡 위에서 자유 시간을 보낸다. "많은 불행을 보는 게 고통스럽다." 너무 말라서 장작더미에서도 타지 않는 어린아이들의 시신 근처에서 야영하며 노트에 적는다. 군인들은 더 이상 밤에 잡담을 나누지 않고 깊은 잠에 빠진다. 자다가 죽어도 모를 지경이다. 하루는 미트레 장군이 자기 텐트에 칸디도 로페스 중위를 부른다. 장군은 『신곡』 번역에 심취해 있었는데 이전 야영지에 이탈리아 사전과 스페인어 사전을 두고 왔다. 한 병사가 그것을 찾아다 주기를 기다리는 동안 기분 전환을 하고 싶어 한다. 그래서 칸디도를 불러 그에게 스케치를 요청한다. 스케치를 보고 칸디도에게 "이것들을 간직하시오. 언젠가 역사를 위해 소용이 될 거요"라고 말한다. 그러고는 그림들을 한쪽으로 치우고 덧붙인다. "그러나 지금은 우리에 대해 이야기하지 말고 단테에 대해 이야기합시다." 사전은 결국 오지 않았고 미트레는 쿠루파이티를 향해 행군할 것을 명령한다. 「지옥 편」을 번역할 수 없으니 그것을 연출하고 싶어 한다.

얼마 후 브라질 제독이 비가 올 거라면서 공격하기에 좋은 날은 아니라고 지적했다. 파라과이 사람들은 강철 빗살 같은 가지가 달린 통나무로 만든 2,000미터의 참호 속에서 동맹군을 기다린다. 동맹군은 전진한다. 1886년 쿠루파이티 전투가 발발한다. 칸디도 로페스는 옆을 보지 않고 달리면서 보이지 않는 망토가 자신을 보호한다고 믿었지만 칼을 높이 든 오른손을 수류탄이 분쇄하고 만다. 그는 왼손으로 목초지에서 칼을 집어 계속 나아가며 수 리터의 피를 흘린다. 뼈가 떨리는 것을 느끼고 현기증이 일어 실신해서 구덩이에 빠진다.

진흙에 쓰러진 그는 무당벌레가 풀숲을 느긋하게 기어가는 것을 본다. 얼굴에 피가 너무 많이 흘러 형체를 알아볼 수 없는 군인이 1미터쯤 떨어진 곳에서 비틀거리다 쓰러진다. 의식이 가물가물한 칸디도는 쿠루수 야영지까지 기어간다. 군의관이 괴사를 막으려 하지만 "방법이 없습니다"라고 하며 그의 손을 절단한다. 몇 주 뒤 팔꿈치 위를 다시 절단한다. 방위군의 대대는 800명의 자원한 시민들과 함께 산 니콜라스를 출발해 83명과 함께 집으로 돌아갔으며 그중에 쿠루파이티의 외팔이, 칸디도도 있다. 칸디도 로페스는 전선에서는 더 이상 쓸모가 없다. 전쟁은 그가 없이 계속된다.

안개가 오벨리스크 높이까지 자욱하고 자동차들은 거의 움직이지 못한다. 내 뒤 피아트에 탄 사람이 마치 내가 자기 불행의 책임자라도 되는 듯 나에게 경적을 크게 울린다. 우리가 다 같은 상황에 처해 있다는 것을 모르나 보다! 재들이 도시의 기술적 결함을 야기했고 신호등의 노란색이 바뀌지 않고 깜빡거린다. 나는 이 세상의 일들이 모호한 것 같다. 브레이크를 밟아야 할지 엑셀을 밟아야 할지도 모르겠다. 이렇듯 항상 두 가지 해석이 존재한다. 외과용 마스크를 쓴 운전자가 탄 르노 메가네가 움베르토 프리모 쪽에서 와서 대로로 끼어들려고 한다. 내 시체를 밟고 가시오, 아저씨! 나는 경적을 울리고 엑셀을 밟으며 그를 노려본다. 앞을 다시 보니 버스의 배기통이 앞 유리를 겨냥하고 있다. 배기통과 충돌한다. 안개가 소리마저 이상하게 변형한다. 충격이 둔탁하게 울린다.

리처드 프랜시스 버턴 경이 파라과이강을 거슬러 올라가던 1867년 편지에 이렇게 썼다. "배는 항해를 잘하지만 우리 삶은 그 키를 잡고 술병을 비우거나 이탈리아 승객들의 통소 소리에 곰처럼 춤을 추는 일부 술꾼들의 손에 달려 있다." 두려움을 모른다. 아프리카의 중심부로 들어가 나일강의 원천을 탐사했고 전설적인 아이슬란드의 유황 광산을 탐사했다. 『천일야화』를 번역하고 코란을 암기했고 영국 사람들은 그가 원주민들 속에 섞일 수 있는 능력이 있다고 '검은 백인'으로 간주한다. 그러나 남미에서 버턴은 위장할 필요가 없다. 거기서는 영국 공사로 가장 좋은 호텔에서 잠을 자고 고위급 관료들과 교류했으나, 그의 갈라진 턱수염은 소말리아에서 창에 맞아 볼에 생긴 흉터를 가려주지 못한다. 버턴은 계속해서 자신과 투쟁한다. 한편으로는 인종차별주의 빅토리아 시대 사람이고 어떤 때는 '야만인들의 애호가'라고 자신을 평가한다. 문화적 교류가 있는 곳에서 살아가는 사람들에게 일어나는 현상이다.

파라과이 안내인과 함께 전장을 방문한다. 달콤한 냄새에 꽃이 핀 시계꽃 열매와 화약 냄새가 섞여 버턴은 '아직 고통 속에 있는 영혼'처럼 공중에 떠 있는 사자들의 존재를 느낀다. 되돌아가려 하자 말들이 점토질 토양 위에 버티고 있다. 박차를 가해도 말을 듣지 않는다. 몇 미터 앞에서 빨간 망토를 걸친, 다리 색이 검고 야윈 개가 그들의 진로를 방해한다. 그 실루엣이 단단한 신기루 같다. 버턴은 개들이 잘 따르는 사람이지만 그 개에게 호의적으로 휘파람을 불어봐도 그 동물은 등을 곤두세우고 송곳니를 드러낸다.

전쟁이 끝나자 칸디도는 부에노스아이레스로 돌아와 양화점에서 일한다. 하루는 아레코에서 만난 금발 미국 여성 에밀리아 마가야네스가 가게로 들어온다. 그녀의 머리는 실제로 갈색인데 카니발을 위해 치장하려고 땋은 가발을 쓴 것이었다. 에밀리아는 얼마 전에 남편과 사별했고, 칸디도는 주저하지 않고 그녀에게 청혼했다. 그들은 소작농으로 바라데로의 시골로 간다. 칸디도는 자유 시간에 왼손을 단련하면서 처음에는 보기 흉한 낙서만 그린다. 사용하지 않던 뇌를 사용해야만 한다. 일단 이를 달성한 뒤 전에 해 놓은 스케치에 그의 걸작이 될 파라과이 전쟁에 대한 일련의 이미지를 유화로 그리지만 아직은 많이 부족하다. 전장에서 보낸 몇 달 동안 들었던 지옥의 소리가 그의 귓가에 남아 있고 그것을 다시 들으려면 고독의 시간을 잠시 보내는 걸로 충분하다. 화염과 연기는 화가가 표현하기에 가장 힘든 부분이지만, 어떤 화가가 검은 지평선에서 올라오는 빨강, 오렌지색, 흰색의 미적 효력에 홀리지 않을 수 있을까? 그러나 칸디도의 그림에는 화염이 있는 곳에 죽음, 수백만 명의 죽음이 있다.

어느 날 새 지주가 찾아온다. 그는 말이 아닌 자동차를 타고 온다. 그는 유럽을 여행했고 프라도와 루브르, 우피치 미술관을 가보았지만 한 시골 농장에서 마주한, 폭은 매우 넓지만 그에 상응하게 높이가 높지 않은 그림에는 익숙하지 않아 마음의 준비가 되어 있지 않았다. 그림들이 처음에는 어두워 보였지만 칸디도가 그림을 창가로 가까이 가져가자 모든 것이 빛났다. 지주의 격려에 힘입어 전시를 하기로 결심한다. 키르노 코스타 박사가 지역 스포츠 클럽에서 전시를 하도록 주선해주어서 스물아홉 폭의 그림을 전시한다. 칸디도는 "거기에 역사 교수들이 활용할 주제들이 있다"고 말한다. 그 당시 일간지에는 그의 그림들이 외팔이의 그림치고는 나쁘지 않고 다큐멘터리의 가치는 있지만 그렇다 해도 팔리지는 않는다는 평이 한두 개 실린다. 팔리는 그림은 정물화인데, 이것은 의뢰를 받아 그린 것으로 그림에 'Zepol'이라고 서명한다.

쿠루파이티 전투 20주년에 칸디도는 자신의 그림들을 사례금을 받고 아르헨티나 정부에 제공한다. "그것들을 기부하지만 나는 가난하다"라고 쓰고 있다. 정부는 그에게 서른두 폭의 그림을 사서 국립역사박물관으로 보내지만 결국은 창고에 보관된다. 한 경비원이 그림들 앞에서 마테차를 빨고 있는데 다른 할 일이 없어 몇 시간 동안 그림들을 보고 있다. 특히 〈야타이티 코라 전투(Battle of Yataytí Corá)〉라는 그림을 보고 있는데, 그는 이것을 "검은 그림"이라고 부른다. 밤에 화염에 의해 파괴된 파라과이의 들판이다. 때로 경비원은 배경이 되는 타버린 숲에서 하얀 형상을 본다고 생각한다. 그는 복도에서 관장을 마주치자 이 사실을 이야기한다.

"그러니까 당신이 그림에서 환영을 보았다는 건가요?" 관장이 묻는다.

"내가 본 것은 하얀 가운들이었어요." 경비원이 대답한다.

부에노스아이레스로 돌아가려고 강을 따라가는 여행을 시작하기 전에 버턴은 밀림 중앙에서 자치 공동체에 대해 이야기하는 소리를 들었다. "전쟁을 원하지 않는 사람들이 있어요"라고 농부들이 말하곤 했다. 양 진영의 200여 명의 무리에 대한 이야기로, 그들은 문명을 벗어나 피신처를 마련하기 위해 탈영을 했다. 그들은 전쟁에 지친 창녀들을 데려갔고 거기서 다른 세상과는 담을 쌓고 자연과 어우러져 살아갔다. 갈기늑대인 아구아라구아수들이 밤에 그들을 지켜주려고 가까이 오곤 했다는 소문이 있었다. 사람들은 그곳을 그란차코의 매음굴이라고 불렀다. 그곳이 어디에 있는지 거기서 무슨 일이 벌어지는지 아무도 몰랐다. 그곳에 간 사람들은 아무도 돌아오지 않았기 때문이다.

박물관장은 자기 영역에 뜬소문이 도는 것을 싫어한다. 다음 날 그 경비원은 중앙 우체국의 한 지점으로 전근을 간다. 하얀 가운에 대한 소문이 박물관에서 하나의 전설처럼 낮은 소리로 돌아다닌다. 직원들은 자기 상사 앞에서는 그 소문에 대해 이야기하지 않으려고 주의하지만 지하로 내려가면 둘씩 짝을 지어 쑥덕댄다. 80년이 지나고 아무도 국가 예술사에서 칸디도 로페스를 언급하지 않았다. 1971년 비평가 호세 레온 파가노가 자신의 책『아르헨티나인들의 예술』에 그를 포함한다. 드디어 칸디도 로페스가 지하에서 나오게 된다.

버스에 탄 사람들은 눈치채지 못했지만 내 차의 전조등은 박살 났다. 멀리서 레사마 공원과 국립역사박물관이 구름 위에 떠 있는 궁궐처럼 보이자 재가 조금 걷힌 것 같아 안도했다.

나는 조금 전에 내가 무언가를 잊어버리고 있다는 생각을 했다. 임신한 이후 나의 뇌는 구멍 난 호스처럼 정보를 잃어버린다. 입구에 있는 두 개의 돌사자 사이를 지나간다. 재와 동일한 색이며 조각들이 갖고 있는 그러한 칙칙한 눈으로 나를 바라보는데, 누군가 몽둥이로 찔리는 모습을 보고도 무관심할 수 있는 살풍경한 눈들이다. 나는 손가락으로 그들 중 하나의 등을 어루만졌고 내 손가락 끝은 회색이 된다. 그림을 못 볼 거라는 예감이 든다.

"칸디도 그림들 있죠, 그렇죠?" 나는 표를 파는 여성에게 입장료를 지불하면서 물었다.

"아니요." 나에게 거슬러줄 동전을 침착하게 세면서 말했다. "복원 중이에요."

그 이유 때문에 내가 이 박물관에 오지 않았다는 게 갑자기 생각났다.

"모두요? 서른두 점을 동시에요?"

내 말은 허공을 맴돌았다. 그 여성은 입장권과 거스름돈을 건네준다. 내 부른 배를 보고도 그녀는 동요하지 않는다. 뉴스를 기억한다. 국립역사박물관의 복구 팀은 1년이 걸릴 거라고 했지만 3년이 지났고 아직도 끝나지 않았다. 내가 볼 것은 하나도 없었다. 그래도 들어간다.

짧게 둘러보고 박물관을 나선다. 화가 난다. 칸디도의 그림들을 왜 한꺼번에 가져갔는지 이해가 되지 않고 그 복원 작업은 생각만 해도 겁이 난다. 안개는 내 공포의 지평에서 뒷전으로 밀려났다. 거짓말같이 장애물을 하나 극복하면 다른 것이 등장한다. 벤치를 발견하고 핸드백으로 방석을 만든다. 공원 아래쪽에 장이 열렸다. 수공예품, 저스틴 비버의 티셔츠, DVD, 색색의 작은 조랑말을 판다. 그것들이 잠시 보였다 안 보였다 하며 안개가 그것들을 감추었다 다시 놓아주는 것이 B급 영화의 저렴한 영상 효과 같다. 언짢아서 핸드백 위에 자리 잡는 순간 우지끈 소리가 나면서 가방 안에 안경을 넣어둔 것이 생각난다. 일어나서 안경을 꺼내는데 우선 다리 한쪽 그리고 다른 쪽 다리를 꺼내며 아마존의 모기 다리가 연상되어 마음이 아프다. 좌절감을 억누른다. 현실을 직시할 준비가 전혀 안 되어 있다. 적을 몇 미터 앞에 두고서 총검을 가져오지 않은 것을 깨달은 군대 같다.

미트레는 약속을 했다. "24시간 내에 막사에 도착하고, 15일 내에 캠페인을 하고, 3개월 내에 아순시온을 차지한다." 전쟁은 거의 5년이 걸렸고 사망자가 5만 명이 넘었다. 군대가 부에노스아이레스로 돌아오면서 황열병도 가져왔다. 귀족 가문들은 남쪽 지역의 대저택을 두고 도시의 북쪽으로 이주했고 그 집들은 몇 달 후 공동주택이 되었다. 그 귀족 가문의 일부는 파라과이에서 헐값에 땅을 샀다.

25년 전에 내 남편은 첫 번째 부인 세실리아와 그녀의 오빠 찰리와 함께 그 땅 중 한곳으로 이주했다. 세 사람은 땅을 경작하려고 했다. 사실은 부에노스아이레스 군인들로부터 도피한 것이었다. 그들을 설득한 사람은 몽상가인 찰리였다. "우리 이 쥐들의 소굴에서 벗어나자. 첫 번째 과라니 스타일 우드스탁을 건설하자!" 그들에게 열변을 토했다. 그들은 라세레나라고 불리는 지역의 파소 쿠루수에 정착했다. 라세레나는 찰리와 세실리아의 부친인 프라니오의 소유였다. 그는 위스키 잔을 비울수록 눈빛이 차츰 흐려진다. 프라니오는 반은 아르헨티나, 반은 파라과이 사람이었는데 그의 아버지는 스트로에스네르 정부의 경제부 장관이었고 아들에게 산 페드로주에 수천 헥타르를 물려주었으나 그는 별 의욕 없이 관리했다. 세 사람은 본 저택에 자리 잡았다. 그 집은 새하얀 벽으로 된 단층집으로 케브라초 나무들이 지탱하는 넓은 회랑이 있다. 벽은 창들이 의자로 쓰일 정도로 두껍고 모든 방들은 정원을 향하고 있다.

스물두 살이 채 안 된 두 남자에게 이곳에서의 삶은 게임과도 같았다. 매일 아침 말의 안장 자루에 소금을 넣고 말을 타러 나갔다. 산으로 도망친 황소들을 감시하고, 프라니오가 명령한 대로 거친 아프리카 풀인 펜니세툼 클란데스티눔(Pennisetum clandestinum)을 목초지에 심는 것을 감독했다. 좀 더 뒤편으로는 밀림이 시작되었고, 그곳에는 야생식물, 도금양, 잉가, 파파야가 자랐다. 돌보지 않는 수천 헥타르의 땅은 경비행기로만 둘러볼 수 있었다.

내 남편과 찰리는 어릴 때부터 친한 친구였다. 둘은 기타를 치고 작곡을 했고 언젠가 밴드를 만드는 꿈을 꾸었다. 찰리의 여동생과 결혼하는 것은 우정을 완성하는 가장 남자다운 방법이었다. 그 당시 사진에서 남편은 나팔바지를 입고 밤색 머리카락을 어깨까지 늘어뜨리고 어깨에 기타를 메고 있다. 그의 옆에서 찰리는 염색한 티셔츠와 아롱다롱한 바지를 입고 있다. 그는 길게 찢어진 눈에 굵은 머리카

락은 짙은 검은색이다. 두 사람은 호탕하게 웃고 있어서 앞니가 드러나 보이고 마치 하이에나 같다. "뭐 때문에 웃었어, 기억나?"라고 남편에게 물어본다. 그는 "전혀"라고 답하고는 덧붙인다. "우리는 늘 취해 있었어."

어느 날 밤 모두 저녁을 먹으려고 파소 쿠루수에 앉아 있었다. 프라니오는 그날 오후에 도착했다. 그들이 그곳에 정착한 뒤 처음으로 그곳을 찾은 것이다. 선물로 커다란 위스키 한 병을 가져왔다. 너무 무거워서 수월하게 잔에 따를 수 있도록 금속 지지대도 함께 가져왔다. 선물은 말을 하는 또 다른 방식이었다. 그는 자기 자신을 위해서 가져왔다. "인생의 묘약!" 테이블에 병을 내려놓으며 말했다. "영국 사람들이 오후 다섯 시에 먹는 말 오줌은 절대 아니라고." 내 남편은 장인을 딱 두 번 만났다. 장인이 유럽에서 많은 시간을 보냈기 때문이다. 자녀들에 의하면 장인은 항상 연인과 여행을 했고 그 대상이 계속 바뀌어서 그들의 이름조차 모른다고 했다. 내 남편과 세실리아의 결혼식 날 피로연에서 두 사람은 마지막으로 만났다. 남편은 새벽녘 화장실에서 프라니오와 마주쳤다. "네 것이 아닌 것을 탐하지 마라"라고 장인이 쳐다보지 않고 옆 소변기에 서서 말했다. 남편

은 앞에 있는 하얀색 타일만 뚫어지게 바라보다 프라니오
가 나간 뒤에야 소변을 볼 수 있었다.

그날 밤 파소 쿠루수에서 저녁 식사 후 세실리아는 설거
지를 하러 가고 남자들은 발코니에 자리 잡았다. 벌레 때
문에 불은 켜지 않았다. 귀뚜라미가 울어대고 도마뱀들이
의자 사이를 날렵하게 기어 다니고, 박쥐들은 부드러운 어
둠 속으로 하강하고 개들은 바람기 없는 밤에 헐떡이면서
이리저리 배회했다. 시골 개들이다. 아무도 자기가 개의 주
인이라고 하지 않고 개들도 자기 주인을 알아보지 못했다.
프라니오는 "너무 더워지기 전에" 일찍 마시자고 제안했고
이제 그들은 어둠 속에서 계속 마신다. 그는 손잡이 달린
항아리 같은 잔을 들고 있었고 아스피린을 삼키듯 위스키
만 들이켰다. 남편은 위스키에 얼음을 타서 희석했고 찰리
는 술을 입에 대지 않는데 술버릇이 안 좋은 부모의 자
녀처럼 술을 경계했다. 그러나 그날 밤 처음으로 잔에 술을
채웠다. 잔을 반쯤 채운 위스키. 그는 아버지와 함께 있으
면 늘 긴장했다.

발코니에 날개가 세 개 달린 선풍기가 빠르게 돌고 있었
다. 소형 소니 카세트 플레이어에서 세루 히란의 곡이 흘러

나왔다. 프라니오는 끄라고 했다. 세 남자의 공통된 관심사가 많지 않아서 어쩔 수 없이 이야기는 농장 경영으로 흘러갔다. 농장 운영은 찰리와 남편에게 복잡한 일이었고 처음 계획처럼 간단하지가 않았다. 남편은 돼지를 사자고 제안했다. 프라니오는 그 말을 무시하고 바닥에 내려놓은 잔을 집으려고 손을 뻗었다. 남편은 "수익이 좋아요"라고 말하며 거기서 몇 달 동안 배운 용어로 주장하기 시작했다. 소고기 값이 많이 오를 것이고 러시아로 수출할 수 있다고 했다. 프라니오는 술잔을 응시하며 고개를 저었다. 나방들이 거실 불빛을 간절히 원하면서 창문의 방충망에 부딪히곤 했다. 들어가게 해달라고 간청하는 것 같았다.

"나에게 아무도 훈계를 하지 않는다고 이 녀석에게 가르쳐주지 않았나?" 프라니오가 말했다. 찰리에게 하는 소리였지만 남편을 노려보았다.

"시간문제죠. 조바심 내면 안 되죠." 남편이 말하자 갑자기 프라니오가 벌떡 일어서서 윗옷 밑에서 무기를 꺼냈다.

찰리는 움직이지 않았다. 남편도 마찬가지였다. 총을 바라보았고 총은 왈츠를 추는 것 같았다.

"여기서는 내가 명령해, 얼간이들아. 마음에 안 들면 문은 열려 있어." 프라니오가 말했다.

프라니오의 손이 떨렸다. 그들은 3미터가량 떨어져 있었다. 어스름해서 그의 눈은 보이지 않았지만 목소리에 화가 잔뜩 배어 있었다. 귀뚜라미가 울음을 멈추었다. 찰리는 손가락 사이에서 담배를 돌리고 바닥을 응시했다.

"너 무슨 일이야? 뼈 하나를 잃어버렸어? 내가 말할 때는 나를 보란 말이야!"

나의 남편조차도 파라과이 사람들의 뼈가 부족한 것에 대한 신화를 알고 있었다. 그 뼈가 없으면 복종하지 않고 고개를 치켜드는 것이다.

"너는 상관없다는 거야? 네 작은 기타를 가지고 성공할 수 있다고 생각해?"

그는 방아쇠에 손가락을 얹은 채 갑자기 과라니어로 말하기 시작했다. 목소리가 바뀌며 더 굵어졌고 한밤중에 울리면서 마치 그의 눈앞에 있는 모든 것이 사라지는 듯하다. 프라니오가 스스로에게 말하거나 자신의 머릿속 깊은 곳에 있는 누군가와 이야기하는 것 같았다. 그때 울부짖는 소리가 들리자 프라니오는 공원을 향해 총을 쐈다.

"거기 누구야? 불을 켜, 빌어먹을!" 다시 평소 목소리로 아들에게 명령했다.

찰리는 발코니에 있는 방풍 램프를 잡아채 불을 켰다. 쉬익 소리를 내며 눈부신 불꽃이 집에서 2~3미터 떨어진 나무 동산을 바라보는 개들의 치켜세운 머리를 비추었다. 아무것도 보이지 않았다. 그때 남편은 권총을 응시했다. 파라벨룸이었다. 남편이 이 이야기를 할 때는 늘 똑같았다. 파라벨룸은 독일제로 그 발명가인 게오르크 루거의 이름으로 더 잘 알려졌고 라틴 금언에서 이름을 따왔다. Si vis pacem, para bellum(평화를 원하면 전쟁을 준비해라).

프라니오는 "나를 비춰"라고 명령하고 몸을 반쯤 돌렸다. 어깨로 기둥 하나를 치면서 발코니를 나가 개들 사이를 지나 산까지 갔다. 인생에 걱정거리라고는 하나도 없는 사람처럼 흔들거리며 걸어갔고, 개들은 그의 발목 냄새를 맡으며 따라갔다. 파라과이 해먹이 두 나무 사이에 걸려 있었다. 그는 해먹에 올라가 총을 배 위에 얹고 손을 해먹 밖으로 내놓았다. 개 한 마리의 머리를 쓰다듬다 그의 손가락이 바나나 송이처럼 무겁게 늘어졌다. 코 고는 소리가 별이 빛나는 하늘 아래에서 들렸는데 그 하늘은 땅에 맴도는 긴장감과는 상관없이 유쾌해 보였다. 찰리는 안으로 들어갔다. 남편은 방풍 램프를 끄고 발코니에 잠시 더 머물렀다. 귀뚜라미들이 다시 울기 시작하더니 밤이 완전히 그들의 소리로 가득 채워졌다.

다음 날 아침 갓 목욕을 마치고 젖은 머리를 손으로 빗어 뒤로 넘긴 프라니오가 지나칠 정도의 순진무구한 표정을 지었다. 커피를 세 잔째 따르고 있고 치파를 먹으며 딸에게 바람피우는 파라과이 여자들에 대해 농담을 하고 있었다. 남편은 테이블에 앉았다. 잠시 후 프라니오는 개인 비행기를 타고 아순시온으로 향할 것이다. 그가 조종사였다. 남편 역시 도시로 가야 했지만 아무 말도 하지 않았다. 장인의 조종석 옆에 앉아서 가느니 일곱 시간이 걸려도 우유 트럭 뒤에 타고 가는 게 나았다. 찰리는 인사하러 나타나지 않았다. 새벽에 산으로 말을 타고 나갔다.

프라니오가 방문하고 얼마 지나지 않아 상황이 악화되었다. 프라니오는 상황을 파악했다. 그곳을 운영하기에 그들은 너무 연약하고 히피 기질이 강했다. 상황이 꼬이기 시작했고, 사소한 이유로 싸우고 찰리는 매일 술을 마셨다. 연말이 되자 남편은 지쳐서 부에노스아이레스로 돌아갔다. 세실리아는 아순시온으로 갔다. 찰리는 라세레나에 남았고 프라니오가 더 자주 방문하기 시작하자 남편은 걱정이 되었다. 친구에게 전화해서 돌아오라고 설득하려고 했지만 찰리는 그 장소가 좋아지기 시작했다고 말했다. 아구아라구아수처럼 산에 은둔해서 자신 속에 거주하는 악마에 대항해 싸우고 있었다.

그들이 헤어진 지 1년 그리고 그들이 처음 만난 지 10년이 되었을 때, 세실리아가 아순시온에서 남편에게 전화를 했다. 프라니오가 한 달 전에 세상을 떠났고 오빠 때문에 걱정이라고 했다. 아버지가 죽은 바로 그 주에 농부들이 그가 산에서 발가벗은 채 돌아다닌다고 했고, 그의 생사를 알 수 없게 된 지 열흘이 되었다는 것이다. "아무리 어려울 때도 사흘간 전화를 하지 않은 적은 없어"라고 세실리아가 말했다. 험담을 피하기 위해 농부들에게 도움을 청하고 싶지는 않았다. 남편에게 가달라고 부탁했다. 간청하면서 그녀의 가족이 비용을 지불할 거라고 했다.

남편은 라세레나에 밤에 도착했다. 자동차의 전조등이 나무에 매달려 썩어가는 오렌지를 비추었다. 발코니 판석 사이로 풀이 자라 있었고, 밀림은 인간들이 노력을 기울여 빼앗은 토지의 영역을 되찾으려 하고 있다. 남아 있는 주민이라고는 얼마 안 되는 파라과이 지역 사람들이었는데 야자나무에 올라가 하현달의 빛을 이용해서 지붕을 엮을 잎을 자르고 있었다. 그들은 며칠 동안 본채에서 사람이 나오는 것을 보지 못했지만 들어가볼 용기가 나지 않았다. 남편은 발코니를 지나 문을 밀쳤다. 아무것도 변한 게 없었다. 위스키와 재의 동일한 냄새, 하얀 천에 담배 탄 자국이 있는 안락의자와 벽난로 위의 소니 카세트 플레이어. 큰 소리로 불러도 대답이 없었으나 멀리서 작은 숨소리가 들렸다. 안방 문이 절반쯤 닫혀 있고 거기서 소리가 흘러나왔다. 다가갔다. 찰리가 나무 바닥 위에 앉아서 기타 줄을 목에 감고 무언가를 씹고 있었다. 가까이 다가가니 카세트테이프들이 바닥에 흩어져 있었다. 찰리는 풀어진 테이프를 입에 물고 씹고 있었다. 남편은 그의 눈을 바라보았다. 빛나고 있지만 비어 있었다. 박제된 동물의 눈을 바라보는 것 같았다.

그를 아순시온으로 데려가 감금했다. 그 이후에 찰리는 여러 요양 병원을 들락날락했다.

이따금 새벽에 우리 집 전화벨이 울린다. 그의 마지막 전화는 내 잠을 깨웠다. 나는 임신을 해서 가뜩이나 잠을 못 잤는데 어떤 자세를 취할지 몰라서 뒤척이고 있었다. 두 시간 동안 화장실을 세 번 가고 머릿속에서 윙윙 소리가 들렸다. 예정일이 몇 주 안 남았다. 남편은 눈을 뜨고 고개를 흔들었다. 누군지 알았기 때문이다. 내가 수화기를 들자 찰리의 끈끈한 목소리가 들렸다. 그 시간에만 들을 수 있기에 구별이 잘되는 목소리였다. 저 뒤 어디선가 음악 소리가 들렸다.

"네 옆에 있는 그 비정한 사람의 음반을 듣고 있어. 너 거기 있는 거 알고 내 말에 대답 안 해도 괜찮아." 그는 이렇게 말하고 웃었다.

"잠이 푹 들었어, 찰리. 잘 때는 폭탄이 떨어져도 몰라." 찰리의 기분을 덜 불쾌하게 하려고 말했다.

나는 대개 대화를 짧게 끊었는데 남편과 찰리 사이의 침입자인 양 느껴졌기 때문이다. 그러나 이번에는 누군가와 이야기를 나누고 싶었다. 우리는 직접 만난 적도 없고 밤중에 두 목소리만 있으니 진실을 이야기하기에 이상적인 상태다.

"너는 남편이 미쳤다는 걸 알고 있지, 그렇지, 나는 그에게 항상 나사 하나가 빠져 있다고 말했지."

나는 미소를 지었다. 찰리는 내가 모르는 남편의 과거를 알고 있었다. 나에게 그들이 청년일 때 파소 쿠루수에서 지낸 몇 달간의 시간에 대해 이야기해주었는데 듣기에 편했고 목소리에 슬픔이 없었다. 찰리는 갑자기 전화를 끊어야 한다고 했다.

"거짓말 같지만 다른 사람이 전화를 기다려."

사실 그를 재촉하는 사람이 없어도 그가 배려심이 있기 때문이라고 생각한다. 전화를 끊고 싶지만 잠 못 이루는 여성의 기분을 상하게 하고 싶지는 않았던 것이다. 그리고 나에게 물었다.

"너희 잘 지내고 있지?"

내가 대답했다.

"그럼, 그럼. 곧 아기가 태어날 거야."

나는 잡지에 나오는 유명한 임산부들처럼 행복해 보이려고 했으나 그는 알아차렸다. 결국 나는 고백했다.

"모르겠어, 찰리. 내가 아직 준비가 안 된 것 같아."

그때 대양의 밤 한가운데 그가 한숨 지으며 말하는 소리를 들었다. "작은 아가씨." 확실히 그는 나를 본 적이 없다.

나를 본 사람들은 아무도 나에게 "작은 아가씨"라고 하지 않기 때문이다. 나는 그 표현이 좋아서 반론을 하지 않았다. 마치 알고 있기라도 하듯 그가 다시 말했다.

"작은 아가씨"라고 하고 잠시 멈추고 말했다. "무엇을 위해 준비된 사람은 아무도 없어. 웃기지 않아, 안 그래?"

그는 다시 웃었다. 어둠 속에서 그의 치아가 번득인다.

"내가 뭘 알겠어, 여기서 배운 거지."

그는 여기가 어디인지 언급하지는 않았지만 나는 그곳이 밀림의 중심부일 거라고 느꼈다. 그는 전화를 끊었고, 나는 그가 한 말을 생각했다. 그 의미가 명확하지는 않았다. 마치 점성술이나 중국 식당에서 주는 행운의 과자에 들어 있는 경구에서 읽은 말 같았지만 차츰 효력을 발휘하기 시작했다. 태양의 첫 빛줄기가 쪽문과 내 배의 부드러운 구릉 위에 놓인 전화기 사이로 침투했고 나는 중얼거렸다. "고마워, 찰리." 그 소리를 듣자 그것이 어릴 때 좋아하는 텔레비전 시리즈에 나오는 세 여자 영웅의 캐치프레이즈였다는 게 기억났다. 다음에 전화가 오면 그에게 이야기해줄 거다. 그런데 찰리가 내 말을 이해할지는 모르겠다. 그는 나보다 나이가 훨씬 많기 때문이다. 완전히 다른 세대다.

폐허의 매력

고대의 폐허

위베르 로베르

모방에 싫증을 느낀 위베르 로베르는 진정한 폐허를 찾아 나섰다.

폐허의
매력

네 인생의 전반부는 부유했고 후반부는 가난했다. 극빈하
지는 않지만 사치를 부리지 않고 항상 주의할 필요가 있다.
월말에 이르러 예상치 못한 일이 생기면 대출을 받아야 한
다. 너는 금수저 신드롬을 가지고 있다. '돈은 쉽게 구할 수
있다'는 생각과 '돈은 어디서든 구할 수 있다'는 불멸의 감
정을 가지고 있다. 은행에 돈을 많이 저축하고 있다고 스스
로를 속이는 것이 아니라 돈에 대해 흔들리지 않는 내적
안정감을 가지고 있다. 당연히 환상 같은 것이지만 네 경우
에 매우 확실한 환상이다. 너는 오랫동안 매일 밤 따뜻한

음식이 식탁에 있는 것이 당연하다고 여기는 계층에 속했다. 축복인 면이 많지만 저주도 있다. 배가 부르면 나태해진다. 반대의 현상이 있는데, 가난을 겪었지만 나중에 큰 부자가 되는 경우다. 그런 사람은 추위와 부족하다는 느낌을 뼛속까지 느낀다고 한다. 그것은 끈질기게 괴롭히는 치통 같은 것이다. 너는 오랜 기간 빈곤하게 밥만 먹고 지낼 수 있지만 일시적일 거라고 생각한다. 반드시 행운이 다시 올 것이기 때문이다. 네가 거리감을 유지하고 혐오하는 것은 "부유한 아이의 슬픔"으로 알려진 것으로, 부유했던 유아기의 산물인 병리학 중 하나다.

예이츠가 말하곤 했다. "저기 켈트족의 황혼이 온다." 그리고 그리스어 번역을 하면서 자신의 우울한 마음을 달랬다. 너는 죽은언어를 구사하지는 못하지만 다른 자원을 갖고 있다. 매니큐어를 바르는 것이 네가 어두움에 굴복하지 않으려고 찾은 가장 저렴한 방법이다. 전반적으로 효과가 있고 너를 현재에 머무르게 해주며 너 자신의 작은 부분에 집중하게 해준다. 이제 만일 네가 주의를 딴 데로 돌리고, 네가 매니큐어 바르는 일을 잠시 멈추면―왜 거짓말을 하겠나―네가 폐허의 매력에 빠져들 첫 번째 사람이 될 수도 있다. 언젠가 손톱이 부러지거나 각피가 생기거나 매니큐어가 벗겨지면 너를 비탄에 빠트려 너의 슬픔을 지탱하던 둑에 금이 갈 수 있다.

종잇조각들만이 겁에 질린 동물처럼 인도에 나뒹구는 코리엔테스 거리는 황량했다. 네 눈에 눈물을 머금는다. 시베리아 바람이 불고 너와 딸은 서로 몸을 비비며 가는데 한 영상이 너의 눈앞에 미끄러진다. 비틀어진 왕관을 쓴 왕자들, 몸단장을 하지 않은 요정들, 하얀색이었지만 회색이 된 동물 털 망토를 쓴 여왕들, 해진 가죽 부츠를 신고 하수구에서 나오는 고양이, 주름진 레이온 드레스를 입은 계모들, 방치된 대도시에 있는 바 유리에 비친 자신의 그림자를 놀라서 바라보는 인물들로 그득하다. 그들은 모퉁이에 무리 지어 모여서 중세의 주제를 다루는 연극 공연을 알리는 전단지를 돌린다. 그들이 지나가자 너는 반 정도 지어진 건물을 목격한다. 발판과 안전망으로 둘러쳐져 있다. 너는 건축 중인 건물은 폐허와 유사하다고 생각하는데, 그때 잔해와 건물 자재 사이에서 시골 소녀 셋이 춤을 추는 모습을 목격한다. 위베르 로베르의 그림이 생각난다. 너는 미소를 짓는데 도시의 끝없는 전선을 통과하면서 날아다니는 헬륨 풍선을 볼 때면 짓는 미소다. 위베르 로베르는 너에게 어머니를 상기시킨다. 그는 너희 두 사람이 유일하게 마음이 통하는 화가다.

너는 유일하게 국립장식미술관에서 위베르 로베르의 그림을 직접 보았다. 너는 그의 그림을 2층의 거의 가려진 좁은 통로에서 발견했다. 화폭은 좁고 높으며 한때 그리스 성전이었을 폐허 아래에서 놀고 있는 한 젊은이들의 무리를 보여준다. 네가 그 그림의 어느 쪽을 보든 허물어진 성전, 말라 죽은 나무, 굶주린 당나귀, 모든 것이 종말을 가리킨다. 젊은이들의 놀이만 순간적인 기분 전환 같은 역할을 한다. 베를린 폭격 후 폐허 속에서 나온 그 개 같은데, 마른 뼈 하나를 파내서 잠시 놀다가 군용 트럭이 전속력으로 지나갈 때 바퀴 밑으로 뛰어들었다.

위베르 로베르가 붕괴의 미학을 발명하지는 않았지만 그것은 그에게 영광을 가져다주었다. '폐허'라는 주제는 18세기 말 유행이었고 젊은 로베르는 그것을 스승인 르네 슬로

츠에게서 배웠다. 슬로츠가 그에게 정원 장식에 대한 열정을 불어넣어주었다. 그 모든 기둥, 파고다와 오벨리스크. 어느 문화나 어느 시대에 속했느냐는 중요하지 않았고, 단지 오래되고 파괴되고 무엇보다 가짜로 꾸며놓은 것에만 관심이 있었다. 모든 귀족의 저택은 그 이름에 걸맞기 위해 정원에 전략적으로 흩어놓은 꾸며낸 폐허가 있어야 했다. 극단적인 경우에는 '끔찍한 정원'으로 불리는데, 불의 혀를 토해내는 동굴, 폭발하려는 화산과 예고 없이 쏟아지는 폭우와 함께 재앙 가장자리에서 살아가는 감정을 포함하곤 했다.

꾸며낸 폐허는 고대와 연관 지으려는 하나의 방법이었다. 산업혁명 전야에 등장한 것이 우연은 아니다. 인공성은 잃어버린 것에 대한 향수를 부추겼다. 부자들은 그들의 슬픔에 탐닉했다. 한가로운 사람들이 하품을 하면서 로마식 주춧돌 사이를 배회하며 영광스러운 과거를 꿈꾸는 것을 상상해보라. 때때로 이 광기가 죽음의 경고(momento mori)처럼 작용했다. 집주인들은 정원을 거닐다 끝이 갈라진 방첨탑 조각과 부딪히면 언젠가 자신들도 모든 것을 잃어버릴 것을 상상하면서 등골이 오싹해진다. 샤를 드 브로스는 마담 드 뇌이(Madame de Neuilly)의 정원에서 의도적으로 미완성된 대리석 구조물을 보고 "궁전이 사라진 계단! 그러한 폐허를 바라보고 인생의 공포를 느낀다"라고 썼다. "그 장소가 어떠했는지 말할 수 없고 다만 잘려나간 계단이 가장 아름다운 것이었고 온전한 건물을 보는 것만큼 아니면 그보다 더 큰 만족을 주었다." 때때로 이러한 과장은 실용주의적 요구를 만족시킨다. 1740년 로드 벨베데레(Lord Belvedere)는 정원 안쪽에 고딕 수도원을 건립했는데 너무 불안정해서 높은 벽에서 돌들이 떨어져나가 그 이중 아치들이 약한 바람에도 흔들렸다. 그 수도원은 '질투의 벽'으로도 알려져 있는데 로드 벨베데레의 동생 소유 저택의 시야를 가렸다. 이 동생은 곱슬머리 양성애자였는데 로드 벨베데레의 부인은 이 동생 때문에 발코니에서 한숨을 쉬곤했다.

네가 열 살이 되던 어느 겨울 밤 너의 집 서재에서 불이 났다. 그 방에서 늦게까지 공부하던 너의 오빠가 안락의자 가까이 작은 화로를 놓고는 끄는 걸 잊고 잠을 자러 간 것이다. 안락의자 쿠션에 불이 붙었다. 연기 냄새 때문에 너는 잠에서 깼다. 서재 문을 열자 연기가 나서 소리를 질렀다. "불이야!" 너의 오빠가 물 항아리를 갖고 왔다. 아버지는 발코니에서 도움을 청했다. 너는 엄마를 찾았다. 무의식적인 반응이다. 너는 위험을 감지할 때마다 엄마에게 달려갔다. 복도의 방을 다 찾아보았지만 엄마의 흔적은 없었다.

소방대원들이 현관문을 부수고 마치 밀림이라도 되는 듯 도끼로 길을 열었다. 얼룩말 카펫, 박제한 케찰, 사자 앞발 같은 다리가 달린 루이 16세의 의자와 고대 무기의 진열장 때문에 그들이 착각했나 보다. 가족은 하인들이 사용하는 계단을 통해 피신했다. 현관 입구는 이웃 주민들로 그득했다. 너의 엄마는 아직 나타나지 않았고 너는 너무 두려웠지만 누구에게 이야기해야 할지 몰랐다. 모두 너무 분주했다. 한 이웃이 너에게 차 한 잔을 건네주어 홀짝홀짝 마시면서 몸이 따뜻해질 무렵 김 사이로 엄마가 인도로 걸어오는 것을 보았다. 엄마는 '속옷'이라고 부를 만한 것을 걸치고 있었다. 하얀색 속옷 상의는 단추를 하나만 채웠고 그것도 제대로 채우지 않아 한쪽 배와 흰색 팬티가 드러나 있었다. 경비는 엄마가 한 블록 떨어진 곳에 있는 미국 대사관 쪽으로 뛰어가는 것을 보았다. 너는 손으로 얼굴을 가렸다. 며칠 뒤 너는 일기장에 이렇게 썼다. "엄마의 팬티. 슬픈 모습."

　너는 그것을 예측했어야 했다. 무슨 일이 일어나면 너의 엄마는 대사관 쪽으로 뛰어갔다. 그 저택은 대사관이 되기 전에 엄마의 할머니 집이었다. 그녀가 다섯 살 때 집이 팔렸는데 그것이 트라우마로 작용해서 거기서 벗어나지 못했다. 보통 가정집에는 하나 아니면 많아야 두 개의 소파가 있지만 너의 엄마는 일곱 개를 구비했고 어릴 때 너와 형제들이 자던 방에 그것들이 쌓여 있었다. 너의 화장실이기도 했던 벽장에는 1972년 것부터 소더비즈의 카탈로그 더미가 쌓여 있었다. 진열장은 그 무게를 견디지 못했다. 하루는 책장들에 기대어놓았던 삼면거울이 엄마를 덮쳤다. 경비에게 빌려주려고 호세 루이스 데 이마스의 『명령하는 사람들』을 찾고 있었다고 말했다. 너의 엄마는 우리나라의 역사를 정확히 알리는 데 집착하면서 살아간다. 하녀가 와서 그녀의 고함을 들을 때까지 반 시간쯤 거울 밑에 깔려 있었다. 다치지는 않았다. 때때로 너는 엄마가 만일 가구를 마음대로 넘어뜨린다면 위베르 로베르 방식의 풍경을 창조해낼 거라는 생각을 해본다. 엄마의 아파트를 안내하는 투어가 있고 외국인들이 리베르타도르 도로를 가득 메우고 3층에 시선을 고정시킬 것이다. 이중으로 된 거대한 창문 뒤로 먼지 한 점 없이 깨끗하게 보존된 아르헨티나 귀족의 폐허를 볼 수 있을 것이다.

　모방에 싫증을 느낀 위베르 로베르는 진정한 폐허를 찾아 나섰다. 나폴리를 방문하고 에르콜라노와 폼페이의 유적을 공부하고 티볼리의 빌라 데스테 궁전을 스케치하고, 확신은 없지만 고대 유물의 이미지와 동일한 모습으로 미래를 그렸다. 로마의 위대함을 염원하는 동시에 그것을 상실한 것을 인정해야 했다. 피라네시의 강도(强度)나 푸생의 중력은 결여되었지만 그에게 폐허는 한 사회에 대한 명상과 같다. 거기서 자신이 연속되는 시간이 아닌 일시적인 시간에서 살고 있는 것을 본다. 파리로 돌아왔을 때 로마 고객이 준 선물을 가져왔다. 14세기 대성당의 독서대다. 독수리 모양의 고급스런 물건으로, 화실 입구에 놓고 옷걸이로 사용했다. 거대한 청동 날개에 작업복을 걸 때마다 성공을 움켜쥐는 것 같았다. 수많은 고객들이 작업실 문에 모여들어 위베르 로베르의 풍경화를 소유하고 싶어 했다. 모두 자기 집에 폐허의 그림을 걸어놓고 싶어 안달이었다. 그림들은 고객들 간의 대화에 활기가 사라질 때 그날의 가장 효과적인 이야깃거리였다. 의도하지 않았지만 로베르는 시대 정신에 주파수를 잘 맞추었다. 소쿠로프가 예술가에 대한 중독성 있는 다큐멘터리에서 이렇게 말한다. "그 시대 많은 사람들이 사랑하는 것을 자발적으로 사랑했다."

　화재로 인한 피해는 크지 않았다. 엄마가 대사관으로 피난한 일에 대해서는 아무도 언급하지 않았다. 너는 그 일을 기억할 때마다 한편으로 부끄럽고 한편으로는 미소를 머금는다. 대부분의 시간은 인습에 얽매여 사는 너의 엄마는 때때로 독창력을 발휘하곤 했다. 하루는 엄마가 너를 학교에 데려다주는데 자동차의 거울들이 모두 엄마를 향하고 있는 것을 발견했다. 너는 놀라서 엄마에게 물었다. 그러자 엄마가 대답했다. "아이, 얘야. 백미러는 이제 사용하지 않는단다. 여자들 화장 고치는 데만 사용되지. 나는 차가 오는 것을 감지하고, 눈으로 보는 것보다 직감이 더 중요하단다." 그런 순간에 네 눈에는 엄마를 이해하는 빛이 스친다. 엄마의 독창력이 인습에 얽매여 사는 경향을 뛰어넘을 수 없는 것에 대해 안타까워하는 마음을 갖게 되었다.

로베르의 작품들은 하나의 예감 같다. 화가는 지평선 위로 다가오는 것을 보고 미완성의 캔버스에 옮긴다. 매우 짧은 시간에 거대한 양의 그림을 그리게 하는 화법이다. 그의 그림 하나를 차지하려고 겨루던 한 러시아 황태자가 말했다. "로베르는 그가 그림을 그리는 속도처럼 그림값을 받기를 원한다. 그는 편지를 쓰듯 그림을 그린다." 그리고 그림이 미완성되었다는 인상은 그림의 주제와 딱 들어맞았다. 마치 예술가가 그림을 그리는 중에 지진이 발생해서 완성하지 못한 것 같다. 세상이 불안할 때 무언가를 마무리한다는 것은 의미가 없다는 것과 같다. "지속되는 것은 없다. 무엇이 영원할 수 있나? 바위는 침식되고 강은 얼고 과일은 썩는다. 누가 더 외로운가? 매인가 지렁이인가?" 트루먼 커포티는 앨라배마의 습지가 있는 강가에서 열두 살 때 스스로에게 묻곤 했다.

로베르가 세계적으로 인정받는 유명한 화가가 되자 행운이 사라져버렸다. 갑자기 자녀들이 하나둘 세상을 떠났다. 가브리엘, 아델라이드, 찰스와 아델레. 나폴레옹이 권좌에 오르자 그를 아카데미에서 내쫓았다. 생라자르에 사드 후

작과 함께 감금되었으며 그 감옥은 1세기 전에 명문가의 골칫거리들을 가두던 곳이었다. 행정상의 실수로 다른 사람이 로베르 대신 사형을 당하는 바람에 기요틴을 피할 수 있었다. 자유의 몸이 되고 루브르 박물관 건설을 위한 다섯 명의 자문 위원 중 하나로 일했다. 임금이 너무 적어서 근근이 살아갔다. 어느 날 밤늦게 새 박물관의 도면 작업을 하려고 매우 협소한 작업실로 들어가다 넘어졌다. 나는 위베르 로베르가 그렇게, 그의 독일 독서대에 목이 부러져 세상을 떠났다고 상상한다. 일흔다섯 살이었고 세상에 아무도 없고 월세가 아홉 달 밀려 있었다.

네가 열네 살이 되었을 때, 너의 부모는 집에서 버림받아 샌프란시스코에 살고 있는 너의 오빠가 준 선물을 가지고 미국에서 돌아왔다. 그 당시 너는 친부모에게 약간 화가 나 있었다. 너의 진짜 가족에게 보내주기를 기대라도 하는 듯했다. 엄마는 가방을 정리하다 너를 보자 플라스틱 봉투를 가리켰다. "자, 몽상가 아가씨, 네 거다." 그 속에는 금문교 모형의 유리 공이 들어 있었다. 흔들어대면 다리 위로 눈이 내리는데 공중에서 소용돌이를 일으키며 도는 작은 눈

송이들이 매우 부드럽게 내려앉아서 눈이 모든 고통을 치료할 수 있다는 생각이 들었다. 봉투에는 편지도 들어 있었다. 수첩에서 급하게 뜯어낸 종이였다. 글씨를 흘려 써서 겨우 알아볼 수 있었다.

우리는 점점 줄어들고 있어.

그리고 우리에게는 총알이 남아 있지 않아.

그러나 그들은 그 사실을 모른다.

페데리코 윌리엄스

네가 기억할 수 있을 때부터 너의 엄마와 그 주변 사람들이 해오던 말이 있다. "이 나라는 화염에 휩싸일 것이다." 대화재를 기다린 지 30년이 되었다. 엄마는 너에게 "여기는 미래가 없다"며 손녀가 여권을 갖고 있는지 매주 물어본다. 너는 이 말을 들을 때면 체코 안지오리에리가 된 것 같은 느낌이 든다. 이 원한에 찬 시인은 마르셀 슈보브가 『상상적 삶』에서 이야기했듯 그의 아버지가 백인이라서 흑인이 되고 싶다고 했다. 너의 딸은 여권이 없고 네 것도 만기가 지난 지 오래되었다. 너는 네가 사는 지역을 좋아하고 마음에 들어하고 이사 갈 생각은 한 번도 하지 않았다. 그러나 너의 엄마는 네가 야만인들과의 경계선에 살고 있다고 생각한다.

세월이 흐르면서 싸움의 강도가 줄어들었다. 이제 엄마와 너는 둘 다 나이도 더 들고 피곤해서 다투는 것이 코미디의 한 장면 같다. 얼마 전에 엄마의 집 복도를 이렌 네미로프스키의 구절을 읽으면서 따라갔다. "엄마가 나를 가슴으로 끌어당기며 모성의 부드러움을 보여주는 흔치 않은 순간에 엄마의 손톱이 나의 맨살에 박혔다." 너의 엄마는 너의 말을 더 이상 듣지 않으려고 새빠르게 걸음을 옮기며 중얼거렸다. "너는 왜 그런 걸 읽고 있니!" 두 사람을 가깝게 해주는 유일한 다리는 위베르 로베르고, 그런 상황이 생기면 둘 사이는 가까워진다. 너는 만일 두 사람이 조금씩만 양보하고 자기 주장을 굽히면 관계가 좋아질 수도 있다는 생각이 섬광같이 스쳤다. 그러나 이 시점에서 후퇴하기란 어렵다. 엄마에게 너는 항상 자신의 행운을 경멸한 누군가이고 스스로 하찮은 사람처럼 살아가는 사람이다. 엄마가 너를 화나게 하면 너는 엄마에게 "황무지에서 이렇게 사는 게 좋고, 엄마의 가구 부스러기를 가지고 언젠가 나의 집을 지을 거야"라고 말하곤 했다.

서로 다른 길

생트 빅투아르산
폴 세잔

세잔의 거대한 책을 팔에 끼고 도쿄의 눈 덮인 거리를 뛰고, 저녁 식
사를 하면서 밥알이 생트 빅투아르산 위에 떨어지는 동안 그림을 공
부한다.

서로
다른 길

어린이도 아니고 성인도 아닌 질풍노도 같은 청소년기여서 나를 다룰 줄 아는 사람이 없던 시절, 우리 가족은 할머니 집으로 이사를 갔다. 화재 때문에 우리 아파트를 다시 단장해야 했기 때문이다. 그러나 1년 후 다시 돌아왔을 때에도 우리가 떠날 때와 모든 것이 동일했다. 거실 탁자 위에 불에 그슬린 《쁠라네뜨(Planète)》 잡지 더미가 쌓여 있던 게 단장하는 것이 아니라면 말이다. 나는 왜 우리가 이사를 해야 했는지 이해할 수 없었다. 인생에 불확실성이 없는 사람이 누가 있겠는가. 세월과 함께 사라지는 세부적인 것들이 있고 그렇게 사라지는 편이 더 낫다. 무언가를 이해하게 되면 마음이 완고해진다.

할머니 집은 아르 데코(art deco) 벙커였다. 나선 모양의 대리석 계단과 물음표처럼 구부러진 난간이 있는 베란다가 있었다. 반 블록 크기의 정원에 20미터 길이의 수영장이 있었고, 나중에 이 땅이 대학에 팔렸을 때 스쿼시 경기장을 만들려고 수영장을 덮어버렸다. 정원 끝에 개머루덩굴로 위장한 문이 있었는데 일개 부대의 하인들을 위한 것이었다. 나는 그 문을 사용할 수 없었는데, 엄마에 의하면 내가 그곳으로 드나드는 것을 이웃들이 보면 나를 하인의 딸이라고 생각할 것이기 때문이었다.

나는 한두 번 그 규율을 어겼다. 한 번은 아버지를 따라 아무차스테기의 작업실에 갈 때였다. 하인들의 문을 통해 나갔는데 그래야만 한 블록을 돌지 않아도 되었다. 아무차스테기는 동물을 그리는 화가인데 무너져가는 빅토리아 시대풍 주택에 살았고, 나의 아버지는 그림을 사기 위해서뿐 아니라 기분 전환을 위해 그곳에 가곤 했다. 아버지는 어느 특정 역사적 시대에 속하지 않는 낡아빠진 안락의자에 앉아 잼 병에다 차를 마시며 곰팡이가 피어 있는 화가의 동판들을 보며 그와 많이 닮아갔지만 혼자서도 잘 지냈다.

할머니 댁에서 지내던 시절, 친구 알렉시아와 함께 여러 번 잠을 잤다. 하루는 우리가 아무것도 할 것이 없을 때 아버지가 아무차스테기의 작업실에 가자고 제안했다. 아무차스테기는 재미있는 사람은 아니었지만 그날 오후는 다른 때보다 더 친절했고 의기충천했다. 비록 알렉시아에게만 보여주는 것이지만, 테레빈유 통에 담가놓은 가는 담비 붓을 사용해 그림을 그리는 것을 요청하지 않았는데도 보여주었다. 그 냄새가 너무 지독해서 내 두개골의 오목한 곳까지 침투했다. 우리는 다른 용건이 없어도 그의 작업실에 갔고, 어떤 때는 여성들 앞에서 경쟁하려는 남자들의 심리 때문에 가기도 했다. 아버지는 수표장을 꺼내 나무에 올라간 고양이 그림을 샀다. 아무차스테기는 들고양이라고 했다. 야생성이 그다지 강한 고양이 같지 않았기 때문에 그 말이 의심스러웠다. 황토색과 검은색 털이 머리가 어지러울 정도로 정교하게 그려져 있다. 잠시 후에 아버지가 할머니의 책상에 그 그림을 걸면서 초사실주의라고 말했다. 알렉시아는 매사에 자기 의견이 뚜렷한데, 이 그림에 대해서는 아무 말도 하지 않았다. 그러나 3년 뒤 어느 토요일 그녀에게 국립미술박물관에 가자고 설득했을 때 처음으로 후지타의 초상화를 보았다. 그 나긋나긋한 일본 화가는 빠른 검은색 붓질로 그린, 교활해 보이는 고양이와 함께 있었다. 알렉시아가 나를 쳐다보았고 나는 그녀가 무슨 생각을 하는지 잘 알았다. 그때는 우리가 텔레파시가 통하던 때였다. "이 고양이에 비하면 너의 아버지 고양이는 박제해놓은 것 같아."

우리는 서로 영혼의 자매라고 했다. 우리는 속물근성으로 서로를 보호했는데, 한편으로 우리가 원래 과묵하고 또 다른 한편으로는 다소 과할 정도로 진지했기 때문이다. 그녀는 나의 반쪽, 최고의 반쪽이었고 때때로 나의 개인 셰르파였다. 나는 북쪽 지역의 사립 학교에 다녔고 그녀는 중앙 지역에 있는 중퇴자를 위한 학교에 다녔다. 내가 받은 교육은 돈을 들여 배운 영어를 제외하고는 평범하고 허점이 많았다. 반면 그녀는 깊이 있는 교육을 받았고 다방면으로 배울 수 있었다. 쌍둥이 오빠들이 있는데 둘 다 로커였고 라몬스의 검은색 티셔츠를 입었는데 그것들은 우리 오빠의 노란색 라코스테 폴로를 적의 유니폼처럼 보이게 했다. 알렉시아는 내 인생의 활력소와 같은 많은 것들을 나에게 제시해주었다. 열세 살에 아바스토에 있는, 이가 득실대는 영화 클럽에서 〈시계태엽 오렌지〉를 보여주었다. 6개월 뒤 개가 물어뜯은 것 같은 J. D. 샐린저의 『아홉 가지 이야기』를 빌려주었고 그녀의 오빠들이 아인슈타인에서 녹음한 해적판 카세트테이프로 〈Sumo〉를 처음으로 들었다. 열다섯 살 때 그의 아버지의 바를 약탈해서 소량의 위스키를 따라 얼음 세 조각과 소다를 잔에 가득 채워 마셨는데, 한 모금씩 마실 때마다 혀가 두꺼워지고 무뎌졌다. 열일곱 살에 우리는 항상 몽롱하게 취해 있고, 동네의 여왕들이었고 완벽한 파티를 찾아 택시를 타고 부에노스아이레스를 누비고 다녔다. 물론 때때로 사이가 소원해져서 서로 다른 길을 가기도 했지만 결국 누군가가 항복하고 전화를 걸었다. 그리고 다시 본래의 좋은 관계로 돌아갔다. 오랫동안 우리는 이집트에서 신성한 고양이를 존경하듯 서로를 존중했다. 사이가 가까워져서 영적 교감이 절정에 이를 때는 공감대가 너무 강한 나머지 각자 다른 사람의 머릿속에 마음대로 뛰어들어갈 수 있었는데, 그것은 우리가 또 다른 곤경에 처한다는 신호였다.

"우리 엄마가 전화하면 나 너희 집에서 잔다고 해"라고 토요일 오전에 갑자기 공표하고는 설명도 없이 전화를 끊었다. 일요일 밤에 다시 전화를 걸어와 나에게 말했다. "멀리 갔다 왔어." 나는 알렉시아에게 나에게 말 못 할 비밀이 있는지 물어보고 싶지 않았다. 이후에 그녀가 밀림의 취인 아야우아스카를 먹으러 모레노의 한 별장에 갔다는 것을 알았다. 나를 한 번도 초대하지 않았다. 알렉시아는 나를 자기 인생의 변방에 두는 것을 즐겼다. 나 혼자서는 그녀에게 다가갈 수 없다고 느끼게 하는 것을 즐겼다.

"오, 사랑스러워!" 대나무 잎처럼 눈이 찢어진 그 일본 사람이 미시마루호 갑판 위를 거니는 것을 본 여성들이 한숨을 내쉰다. 자둣빛 양복을 입고, 열대 지방의 영국 탐험대의 타원형 모자를 쓰고 목에는 에스메랄다 목걸이를 걸었는데, 감탄을 일으킬 만한 의상 중 하나다. 그는 1886년에 도쿄 신오하시 다리 앞에서 태어났는데, 그곳은 스미다강이 휘어 있어 조수를 예측할 수 없다. 그는 제국의 장군인 그의 아버지에게서 군대식 과장된 태도와 표정을 물려받았다. 다섯 살에 세상을 떠난 모친에게서는 무심함을 물려받았다. 그러나 그의 예술적 야망의 심지에 불을 붙인 것은 유럽이다. 메이지유신 이후 서구의 이미지들이 일본에서 유통되기 시작했다. 끊임없이 흘러 움직이는 세계의 예술가를 꿈꾸는 젊은이는 유럽의 첨단 예술에 매료되었다. "섬사람이 되지 않고 섬에서 사는 것은 불가능하다!"라고 그는 일기에 쓴다. 세잔의 거대한 책을 팔에 끼고 도쿄의 눈 덮인 거리를 뛰고, 저녁 식사를 하면서 밥알이 생트 빅투아르산 위에 떨어지는 동안 그림을 공부한다. 후지타 쓰구하루가 미시마루호에 탔을 때 스물일곱 살이었다. 그의 목적지는 파리였다. 파리가 그를 변모시킬 수 있다는 것을 아직 모르고 있다. 아니면 그것을 잘 알고 있고, 그것이 그가 바라는 것이다.

택시가 부에노스아이레스 거리를 장악하기 시작했을 때 택시 회사들은 프로모션으로 연속 통행권을 발명했다. 초록색 판지로 된 카드였다. 택시를 탈 때마다 점수가 합산되어 상을 받을 수 있었는데, 그 덕분에 우리는 무상으로 장소를 선택해서 저녁을 먹을 수 있었다. 우리는 항상 비야크레스포의 작은 아랍식 장소인 하비비를 선택했다. 알렉시아는 이국적인 분위기를 그리고 나는 퇴폐적인 것을 좋아했기 때문이다. 우리는 늘 하던 대로 맨 끝 모퉁이 테이

블을 예약했는데 빨간색 테이블보와 꽃병 대신 녹슨 수연
통이 놓여 있었다.

"아휴, 지루해, 부에노스아이레스는 무료해." 어느 날 밤
알렉시아가 옆 테이블의 한 남성 앞에서 벨리댄서가 배를
흔들어대는 동안 나에게 말했다.

그 말을 수도 없이 들어서 대답할 이유가 없었다. "바보처
럼 굴지 마. 너는 여행하고 싶지 않아, 세상으로 나가는 거?"

"별로. 나는 중국 점성술에서 개야. 우울한 거지 야심찬
건 아니야."

"숨이 막힐 것 같지 않아?"

어느 해 겨울, 나는 정말 숨이 막힐 것 같았다. 홀리데이
온 아이스가 부에노스아이레스에 도착해서 처음으로 공개
오디션을 했기 때문이다. "그건 예술이 아니야, 서커스라고.
너는 적어도 볼쇼이에 지원할 수 있어"라고 엄마가 말했고
그렇게 스케이터로의 내 커리어는 시작도 하기 전에 끝이
났다. 신탁을 발표할 때마다 마지못해 나는 관심을 기울였
다. 왜냐하면 엄마는 선견지명이 있었고 가족 모두가 엄마
의 예측을 곧이곧대로 믿었기 때문이다. 엄마는 자신이 핼
러윈데이에 태어났기 때문에 진실의 마녀라고 믿었다. 우스

꽝스러운 대립이지만 나는 크리스마스에 태어났고, 그래서 나는 성녀가 되었을 수도 있으나 그와는 반대로 한 번도 주인공이 된 적이 없었다. 그래서 생일을 증오하는 사람이 되었다. 엄마에게 내가 홀리데이 온 아이스의 오디션에 출전하는 것은, 누가 가장 큰 실패자인지를 보려고 서로 겨루는 패배자들의 군대에 가담하는 것이었다. 그런 생각은 실제로 나를 그다지 불쾌하게 하지는 않았다. 나태해지려는 타고난 내 성향에 고삐를 풀어주는 완벽한 알리바이였다. 이상하게도 패배하려고 하는 전투들이 있다. 내 6학년 성적표에 무슨 이유인지 이렇게 쓰여 있다. "이 학생은 자신이 원하면 두각을 나타낼 수 있지만, 그러기를 별로 원하지 않는다." 세월이 흐르면서 지는 게 더 우아하다고 확신하게 되었다. 내 친구 알렉시아에게는 반대로, 그러한 주장들은 비열한 행위였다. 그녀는 최고의 정상을 원했고 거기에 곧 올라갈 거라고 생각했다.

미시마루호는 다른 도시들과 다를 것 없는 런던에 도착하고 후지타는 배에서 내린다. 자신의 실수를 깨닫고는 돈을 벌기 위해 고든 셀프리지 경을 위한 맞춤 양복을 재단하는 일을 곧바로 구한다. 재단의 제일인자지만 곧 생각한다. '유사한 섬들을 전전하고 싶지는 않다.' 파리에 도착해서 고양이가 들끓는 동굴에 정착하는데 시테 팔귀어의 춥고 허름한 방이다. 아래층 이웃과 친분을 나누었는데 그는 이탈리아 예술가로, 돈이 부족하면 그림으로 대신 지불하곤 해서 여자 경비원을 화나게 했다. "이 그림들이 유일하게 쓰이는 곳은 침대의 목재를 수리하는 곳이야!" 그 경비원이 틀을 해체하고 화폭 위에 침을 뱉으며 말하는데 바로 그 화폭 밑에 모딜리아니라고 쓰여 있다. 1915년 일이다. 밖에서는 전쟁이 일어나고 있지만 후지타는 매일 그림을 그린다. 배가 고파서 더 이상 그림을 그리지 못할 때면 정육점으로 내려가 간이 좀 남아 있는지 물어본다. 고양이를 주려고 한다고 말하지만 그 고양이는 바로 자신이다.

  알렉시아는 10월에 바르셀로나로 갔다. "스페인은 아르헨티나보다 100년이 뒤져 있어!" 그녀가 떠나기 전 방금 산 표를 나에게 보여주었을 때 내가 그녀에게 말했다.
  "알모도바르가 뒤처져 있다고? 펠리페 곤살레스가 뒤처져 있다고?" 그녀가 나보다 낫다.

정치에 정통하지는 않았지만 그녀는 2001년 말 떠났다. 12월, 아르헨티나에서 폭동이 일어나기 두 달 전이다. 도착하고 일주일이 지나 의기양양하게 수다를 떨며 두 가지 소식을 전하려고 전화를 걸어왔다. 하나는 좋은 소식이고 다른 하나는 조금 황당한 일이다. 좋은 뉴스는 카탈란 텔레비전과 접촉했다는 것이다. 황당한 일은 빨간색 페라리를 타는 마흔여덟 살 남성과 데이트를 했다는 것인데, 그 남자는 하얀색 진을 입고 모리셔스에 호텔을 소유하고 있었다. 그녀가 말했다. "그래, 나도 알아. 그저 잠깐 동안이야. 그런데 그 소리는 뭐니? 데모 소리니? 나도 듣게 창문으로 가까이 가봐." 이제 그녀에게는 외국어처럼 들린다. 해독할 수 없는 인디오 부족의 북소리.

카탈란 텔레비전과의 접촉은 아무런 도움이 되지 않았으나 친구는 낙담하지 않고 밑에서부터 다시 시작하기로 했다.《라 반구아르디아》에 글을 보내기 시작했다. "불법 거주자들 중에 누가 힘이 더 센가?" 또는 "구엘 공원에서의 두려움과 혐오감"에 대해. 그러나 답장이 없었다. 유럽을 변화시키려는 많은 남미 사람들이 있었고 신문사의 메일함은 신 선정주의 기자들의 제안으로 넘쳤다. 페라리를 타는 연인은 일 때문에 돌아올 기약도 없이 런던으로 떠났다. 친구에게 아파트 열쇠를 주었는데 신중한 사람이라 모든 걸 단계별로 했다. 그는 친구에게 2주 뒤에 전화해서 열쇠를 자기 사무실에 갖다 놓고 아파트를 비우라고 했다. 친구는 열쇠를 하수구에 버리고 코르테 잉글레스에서 임시직으로 일을 구했다. 12월이었다. 크리스마스 소포 담당 부서에서 일했다. 그녀는 리본 장식 끝을 가위로 돌돌 마는 일을 잘했지만 스페인 여성들은 리본 끝을 말지 않은 것을 선호했다. "그들은 돌돌 마는 것을 아르헨티나 사람들의 기호라고 생각하나 봐. 여기는 기본적인 걸 더 좋아해." 그녀가 말했다.

하루는 기자를 양성하는 코스에 선정되었다고 알려 주었다. 한 달 동안 국제 경제의 기초를 배우게 되었는데 친구는 자신의 은행 명세서조차 이해하지 못했다. 상위 열 명이 조사팀을 구성해 전 세계를 여행할 것이다. 이 코스를 주최한 회사는 시너직 인터내셔널(SinergiC InternationaL)인데 우스운 건 글자 네 개가 대문자다. 인터넷에서 그 회사를 찾아보니 홈페이지도 없고 구글에도 나오지 않는 게 이상했다. 시험 결과가 발표되었고 친구는 열 명 안에 들었다.

친구의 첫 목적지는 아프리카였다.

"앙골라." 나에게 전화로 말했다. "나중에 내가 얼마나 번 득이는 소설을 쓸지 상상해봐."

후지타는 첫 번째 부인을 일본에 남겨두었지만 부인 생 각은 거의 하지 않았다. 그는 더욱 빠르고 신속하게 다니기 위해 혼자 여행하는 것을 즐겼다. 스스로 자신만의 캐릭터 를 만들면서 사람들은 그를 알아보기 시작했다. 그렇게 해 서 후지타(Fujita)가 후지타(Foujita)가 되었다. 파리 사람들이 그의 그림과 인격을 함께 사는 것이다. 그림이 마르자마자 그에게서 낚아채 간다. 후지타는 작은 청동 로댕 조각이 보 닛에 마스코트처럼 달린 밸럿 스포츠카를 타고 매일 카페 르 돔에 간다. 문 옆에 가득 늘어선 무리를 뚫고 차에서 내 린다. 날렵한 사람들은 그를 더 잘 보려고 나무 위로 올라 간다. 문 앞에 멈춰 서서 공손히 고개를 숙이며 일본어로 몇 마디 한다. 누구도 왜 그런지 이해하지 못하고 아무도 인정하려 들지 않지만, 황열병이 전국을 덮쳤기 때문이다. 황인종을 막연히 동경하게 되었다. 매력적인 후지타의 체취 에 모두가 후지타의 그림을 원한다. 그의 동그란 안경, 금귀

고리와 엎어놓은 밥공기 같은 앞머리 그리고 목탄으로 그려놓은 것 같은 콧수염. 가로등에 올라간 기자가 "어떤 역사적 인물이 되고 싶으십니까?"라고 그에게 외친다. 그는 "아담, 첫 번째 유럽인"이라고 답한다.

일본 사람들의 정신에서 중요한 집단이라는 개념이 그에게 두드러기를 일으킨다. 그는 프랑스에 오지 않고 일본에서 활동하는 동료들이 그리는 물고기나 사찰, 벚꽃 가지 대신 나른한 여성들을 그림의 주제로 먹과 유화 물감을 섞어 그린다. 파리의 모든 학교들이 그를 칭송한다. 그들에게 가장 흥미 있는 것은 그가 사용하는 흰색인데, 이 색은 한 번도 본 적이 없는 새로운 색이다. 활석과 백연, 칼슘을 섞은 것으로, 그 비율은 그 준비 과정의 유일한 목격자인 예술가의 고양이만 알고 있다.

그 당시 후지타는 자화상도 그렸는데 항상 반질반질한 그 고양이와 함께 등장하며 고양이는 이름이 없어서 후지타의 친구들은 '훠-훠'라고 불렀다. 그는 긴장을 풀려고 고양이를 그린다고 한다. 그의 초상화를 보면 후지타의 모습이 보여주지 않는 것을 고양이가 보여준다. 긴장, 불안, 인정받으려는 열망. 부에노스아이레스의 국립미술관에 있는 작품이 그 좋은 예다. 그는 1932년 부에노스아이레스에서 작품을 전시하고 그 그림을 기증했다. 이 작품은 전설적인 작품이 되었고, 6만 명 이상의 방문객이 몰리는 바람에 그는 창고에 숨어야만 했다. 박물관을 에워싼 팬들의 줄이 통제 불능이었기 때문이다.

처음 몇 달은 알렉시아에게 쓰고 있는 글을 보내달라고 했다. "전화 끊고 곧 보내줄게"라고 항상 말했지만 곧 잊어버렸다. 가끔 나에게 이메일로 사진을 보내주었으나 인간미가 없어서 엽서 같았다. 그녀가 방문하는 지역에 대해 이야기할 때는 카세트를 틀어놓은 관광 안내 같았다. 알렉시아는 몇 달 동안은 오성급 호텔에서 지냈으나 함께 일하는 동료들의 이름은 절대 말하지 않았다. 때때로 친구는 승진이 되었다고 했지만 직장에서의 계급은 내게 아무런 의미가 없었다. 언제는 그녀가 기자였다가 통역사도 되고, 컨설턴트였다가 지역의 조직원이기도 했다. 나는 궁금증이 일기 시작했다. 그녀는 정말 무슨 일을 하고 있을까? 나는 이국적인 장면들을 상상하기 시작했지만 그녀에게 멍한 면이 있어서 그럴 가능성은 희박했다. 스파이일까? 그것도 아닐 것이다. 말이 너무 많다. 돈을 많이 받고 에스코트를 해주나? 이건 명확히 아니다. 방글라데시의 아기들을 파는 끔찍한 음모에 가담했나? 그 정도로 냉정하지는 않았다. 답을 찾을 수 없어서 다른 편으로 생각했다. 저속한 기사 형태의 광고를 쓰는 일을 하나?

한 번은 아프리카 국가들의 정상 회담에서 경제부 장관 세 명을 인터뷰했다고 했다.

"부패의 화신들?" 내가 물었다.

"그렇게 생각하지 마. 재미있는 사람들이야." 그녀가 너무 거짓말같이 정치적으로 정정해서 전화가 도청되는 게 아닌가 생각했다.

그녀가 내 앞에 있었더라면 그녀는 나의 뺨을 때렸을 것이다. 그녀는 아직 자신이 되고자 하는 기자나 유명한 작가는 아니었다. 그녀는 그것을 인정하지 않았고 우리의 우정을 위해 그런 거짓 커리어를 갖고 있는 척했다. 그녀가 멀게 느껴지기 시작하자 그녀를 앙골라라고 불렀다.

1년에 한 번 부에노스아이레스에 올 때면 앙골라는 점심을 같이 먹기 위해 약속을 잡았다. 아주 비싼 식당을 골랐고 항상 늦게 도착했다. 애니멀 프린트가 된 풀라드 옷을

입고 매번 다르지만 아주 좋은 향수 냄새를 풍기며 나타난
다. 유럽 여자처럼 짧은 머리를 했고 전에는 자연스런 밀
색이었으나 이제는 염색을 했다. 짜증스러운 스페인 어법을
구사했고 아르헨티나에 대해 이야기할 때는 입을 비틀었다.
그녀는 항상 법인 카드로 지불했다. 아직도 우리는 사소한
일로도 폭소를 터트릴 수 있었다. 그녀의 표현에 의하면
"마치 우리가 서로를 죽이기라도 할 것 같은 웃음"이었다.
나는 결국 냅킨으로 눈물을 닦고 그녀에게 얼굴 근육이 아
프니 그만하라고 요청한다.

그러나 나는 우리가 얼마만큼 서로의 마음을 읽을 수 있
는지 모르겠다. 마치 우리가 서로 너무 잘 알아서 이제 더
이상 서로를 볼 수 없는 것 같다. 나는 내 청춘의 황금빛
소녀 알렉시아가 열정을 따라가다 어딘가에서 메마르고 불
안정해졌다고 생각했다. 그녀는 나에 대해 어떻게 생각할
까? 명확하다. 나는 항상 새로운 시도를 하지 않는 고루한
사람이었다.

1933년 후지타는 계류(繫留)용 밧줄을 다시 자른다. 일본
으로 돌아가 성에서 'o'를 뺀다. "내가 다다미에 앉아 붓을

적시면, 먼 곳에서 보낸 세월들이 머나먼 기억이 된다"라고 도쿄 일간지에서 말한다. 일본이 중국을 침략하자 그는 자기 커리어에서 최악의 작품을 개발한다. 정부가 전투를 기념하기 위해 그를 데려가 100점의 칙칙한 그림을 그리게 했고 그는 임무를 마친다. 1943년 〈애투섬에서의 마지막 전투〉는 사지가 떨어져나간 육체들의 고물상으로, 1922년 대리석 같은 관능의 초상화 〈주이의 캔버스 위에 기댄 누드〉에서 키키를 그린 작가의 그림 같지가 않았다. 토가를 입고 이사도라 덩컨의 팔을 잡고 거닐던 괴팍한 한량은 이제 장군복에 군화를 신고 거수경례 자세로, 그의 그림들 앞을 행렬하는 대중들이 선생의 대의를 위해 기부하는 모금함을 지키고 있다.

그러나 그의 유일한 대의는 처음부터 자신의 영광이었다. 미국인이 일본 땅을 밟자 군복을 벗고 맥아더 장군을 위해 크리스마스 엽서를 그리기 시작했다. 그의 카멜레온 같은 성격과 유명해지려는 야망이 그의 능력을 갉아먹었다. 자기 자신에게서 멀어지면 멀어질수록 그의 그림은 덜 흥미로워졌다. 마치 첫 번째 배신행위가 통제가 안 되는 더 많은 배신을 유발하듯이 후지타는 차츰 자신이 정말 누구인지에 대한 자각이 점점 사라져갔다. 1950년대에 프랑스로 돌아가 18세기 대저택을 사서 이름을 다 빈치를 기리며 레오나르로 바꾸었다. 그에게는 마지막 변장이 남아 있었다. 그는 죽음이 다가오고 있음을 느끼자 가톨릭으로 개종했다. 그의 의복을 특별하게 디자인하고 랭스 대성당에서 거행될 의식을 위해 초대장을 보냈다. 그러나 참회소에 숨어서 "훠우! 훠우!"라고 외치는 두 명의 어린아이를 제외하고 그의 세례식이 거행되는 성당은 텅 비어 있었다.

어렸을 적에 물건이 둘로 보여서 가족이 나를 안과 의사에게 데려갔다. 내 증상은 복시였다. 이 증상을 고치기 위해 벽에 있는 실베스터 고양이의 두 실루엣을 한 기구를 통해 보게 했다. 나는 눈 근육을 이용해 그것들을 합치고 그 두 개가 겹쳐져 가까워지게 해야 했다. 1년에 한 번 앙골라를 만나서 레스토랑의 테이블을 통해 바라보는 것은 합칠 수 없는, 영원히 만나지 않는 두 개의 실루엣을 보는 것과 같았다.

"아직도 시를 쓰니? 너의 힘없는 고딕체로?" 마지막으로 만났을 때 그녀가 나에게 물었다.

"응."

"그걸로 무얼 하려고 하니?"

"잘 모르겠어. 아직 부족해. 더 써야 하는데 짬이 안 나네."

"참 게으르긴!" 그 말이 무언의 20년을 요약하는 것 같았다. "글은 짬이 날 때 쓰는 게 아니야."

'너는 도대체 누구니? 너는 누구니?'라고 생각했다. 그런 생각을 하자마자 내가 그런 생각을 한다는 것 자체가 끔찍하게 느껴졌다. 나는 그녀의 비밀에 지쳤고 자신의 개인적인, 뭐랄까, 성공, 개인주의를 추구하느라 나와 거리감을 두는 데 지쳤다. 그녀가 떠나기 전에 다시 보자고 기계적으로 말하자, 할 일이 많다고 하면서 놀리듯이 허공에 손가락으로 따옴표를 지어 보이며 짬이 나면 전화를 하겠다고 했다. 그녀는 법인 카드로 지불했다. 나는 그녀가 택시 타는 데까지 동행했다. 그녀가 돌아설 때 우리는 짧고 공허한 포옹을 했다. 그녀는 택시가 출발하기 전 창문을 내리고 말했다.

"다 마치면 내 소설을 보내줄까?"

"꼭 보내줘." 그녀에게 말하며 사실 다른 것, 더 진실한 것을 말하고 싶었으나 신호등이 바뀌어서 이 말만 덧붙였다. "스카프 조심해. 이사도라처럼 되지 않으려면."

내가 정말 그녀에게 말하고 싶은 것은 "너 너무 멀리 간 거 아니니?"였다.

내 머릿속에는 이런 글이 쓰인 메모지가 붙어 있는 방이 있다. "우리를 그냥 내버려두세요. 우리는 위기를 겪고 있어요." 안에서는 쳇 베이커의 〈You Can't Go Home Again〉이 크게 들리고, 버지니아 슬림의 박하 맛 향기가 풍긴다. 유리잔을 귀에 대고 문에 기대면 당신은 두 소녀가 밤새도록 속닥이는 소리를 들을 수 있다. 그곳은 나의 빛나고 아름다운, 내가 잃어버린 친구인 그녀가 사는 방이다. 나의 일부, 아주 큰 부분도 거기서 산다. 아직도 집에 올 때마다 우체통에 손을 넣고 그녀의 소설이 소포로 왔는지 찾아본다. 나의 끝없는 불안감에서 벗어날 수 있는 얼마 안 되는 순간이다. 내가 발견하는 것이 내 걱정과 궁금한 것들을 단번에 영원히 잠재울 400페이지의 두꺼운 책이기를 나는 온 마음을 다해 바란다.

바다 위의 번개

폭풍이 이는 바다

귀스타브 쿠르베

앞쪽 경치에서는 거품을 가득 품은 파도가 바위에 부딪힌다. 수평선에
서는 바다와 하늘이 하나로 섞이고 그림의 상반부에서 하늘은 분홍빛
을 띤 구름으로 채워진다.

바다 위의
번개

내가 마르델플라타에 처음 갔을 때는 겨울이었다. 빌린 포
드 소형 트럭을 타고 나의 애인과 친구 두 명과 함께 그곳
에 서핑을 하러 갔다. 사실은 그들이 서핑을 하러 간 것이
다. 나도 그들과 함께 서핑을 하고 싶었지만 용기가 나지
않았다. 내 임무는 운전석 뒤에 앉아서 핸드백과 음악 장
비를 누가 훔쳐 가지 않도록 감시하는 일이었다. 벼랑에서
몇 미터 떨어진 곳에서 도어스의 카세트를 들으며 마리화
나 담배를 소나무 바늘처럼 얇게 말아 피우면서 『나는 가
니메데스를 방문했다(Yo visité Ganímedes)』를 읽었다. 글러브

박스에서 찾은 책이다. 나는 소년들이 물에서 시간을 보내는 것을 멀리서 보았는데 검은색 네오프렌을 입고 바다 안개 속에 있는 모습이 흡사 물개 같았다. 지금 생각해보면 내가 어떻게 그렇게 시간을 낭비하는 것을 견뎠는지 모르겠다. 아마도 청소년기여서 걱정거리가 없었거나, 청소년들 특유의 활동을 하면서 시간을 보내서인지 모른다. 나의 유일한 문제, 그 시절 가장 염려하던 것은 분위기를 맞추는 것이었다. 인생에서 모든 것이 제1차 세계대전의 독일군 군화같이 느껴졌다. 오른발, 왼발 구분 없이 양쪽이 정확하게 동일했다. 이러나저러나 별 상관이 없었다. 그래서 기다리는 게 중요하지 않았다고 생각한다. 거기 앉아, 바다를 향하고 있는 그 밴에서 마리화나를 계속 피우면서 나 자신의 정신적 서핑을 연습하고 있었다.

나는 작가가 되고자 하는 사람 중에 바다에 대해 몇 줄이라도 쓰지 않은 사람은 알지 못한다. 내가 늘 기억하는 사람들은 어떠한 이유인지 모르지만 모두 여성이다. 마르그리트 뒤라스. "내가 바다에 간 뒤로 나는 아무것도 모른다." 마리나 츠베타예바. "나는 바다를 사랑하지 않는다. 바다는 대위법을 갖고 있지 않다." 실비아 플라스. "그것이 바다를 어두운 범죄처럼 뒤에 숨기며 끌고 갔다." 나는 어릴 때, 남들에게 내놓을 수 없는 내 몫의 소네트 시리즈를 추가했다. 이제 다시 해보려고 하는데 운문이 아니니 두려워하지 말기 바란다. 바다에 대한 한두 가지의 내 사적인 이야기를 하려고 한다.

첫 번째 열병은 청소년기에 일어났다. 학교에서 보여준 다큐멘터리에서 본 쿠르베의 바다 그림과 사랑에 빠졌다. 그의 작품 전시회가 내가 사는 곳 근처, 버스 한 정거장 거리에서 열려 보러 갔고 집착이 더 강해졌다. 그 그림의 제목은 〈폭풍이 이는 바다〉이며 국립미술박물관에 있었다. 프랑스어로 'Mer orageuse(메르 오라워즈)'이며 자음이 내는 가글 소리가 파도의 함성과 흡사하다. 앞쪽 경치에서는 거품을 가득 품은 파도가 바위에 부딪힌다. 수평선에서는 바다와 하늘이 하나로 섞이고 그림의 상반부에서 하늘은 분홍빛을 띤 구름으로 채워진다. 1869년에 그려진 유화이며 높이와 폭이 1미터로, 만일 나에게 벽난로가 있다면 그 위에 걸기 알맞은 사이즈다. 그 바다 밑에서 불길이 타오르는 것을 보면 얼마나 아름다울까! 내가 〈폭풍이 이는 바다〉를 볼 때마다 무언가 내 속에서 억누르는 게 있는데, 가슴과 목구멍 사이에서 느껴지는 감정으로, 가볍게 깨무는 것 같다. 나는 그런 짜릿한 통증을 존중하고 관심을 기울이게 되었다. 내 몸이 내 머리보다 먼저 결론에 도달하기 때문이다. 내 지성은 뒤처져 나중에 결론을 내린다.

화가로서 쿠르베는 지역색을 띠었고 개처럼 본능적이었다. 쥐라 산맥 근처에서 성장했는데, 그곳에서는 우기가 되면 빗물이 균열을 타고 석회암과 절벽, 동굴, 계곡에 침투해 지하 운하를 형성한다. 쿠르베는 이 풍경의 질감을 자신의 그림에 옮겼다. 그는 팔레트 나이프를 악마적인 방식으로 사용했다. 마치 바위에 무엇을 새기기라도 하듯 캔버스를 긁고 찌른다. 예술에 있어 터프가이 같은 그의 자세와 명성을 얻는 그의 전술과 전략에도 불구하고 그는 계속해서 어린 시절의 고향으로 돌아간다. 물을 화석화된 광물, 중간이 갈라진 공작석처럼 그린다. 쿠르베의 그 그림이 나에게 자석처럼 행사하는 힘은 과연 무엇일까. 자외선에 노출되면 며칠 동안 빛이 나는 광물들이 있다. 이렇게 빛나는 것을 인광(燐光)이라고 한다. 쿠르베의 바다는 내 마음속에서 며칠 동안 빛을 발한다.

그는 스무 살에 루브르 박물관이 제공하는 것을 탐닉하기 위해 파리로 갔다. 티치아노, 수르바란, 렘브란트와 루벤스를 공부했다. 그들에게서 기술을 취했으나 이 화가들이 자신들의 이름으로 사용한 전통적인 가치들은 제쳐두었다. 쿠르베는 순수함에 대한 생각에는 전혀 관심이 없었다. 그가 바라는 것은 감각이 범람하는 그림을 그리는 것이었기 때문이다. 그래서 피터 슈젤달은 쿠르베의 그림을 본 사람은 뛰쳐나가거나 반란을 도모하거나 섹스를 하거나 사과를 먹는다고 말했다. 그의 그림들은 그림의 열병을 불러일으킨다.

수천 점의 작품이 파리 미술 아카데미의 연간 또는 2년에 한 번 열리는 전시회인 살롱이라는 여과 장치를 통해 대중에게 도달한다. 벽들은 그림으로 가득 차 서로 부딪힌다. 어떤 화가가 대중의 시선을 끌까. 그 당시 쿠르베는 예술을 위해 봉사하는 문학 산업의 종합이라 할 수 있는 신문을 발견했다. 논란이 예술가의 명성에 해롭지만은 않다는 것을 처음으로 깨달은 화가였다. 나쁜 평판이 좋은 광고가 될 수 있다는 것이다. 그는 자신의 네트워크를 조직했다. 이익이 될 수 있다고 여기는 사람들과 친구가 되었는데

이를테면 프루동, 베를리오즈 또는 보들레르가 있다. 그들 중 그의 그림에 크게 감명받은 사람은 없지만 쿠르베의 집요함은 존중하지 않을 수 없었다. 1848년 혁명으로 이어지는 시기에 쿠르베는 낭만주의 다음으로, 비록 훨씬 더 모호하지만, 현대 스타일에서 유명한 두 번째 운동인 사실주의를 수립하는 데 기여했다.

"그림의 피사체에서 한 번도 연구 대상이 되어보지 못한 계층으로 내려가거나 원한다면 다시 올라가는 게 좋다"라고 '거부당하는 자들의 살롱'의 단평이 말한다. 거지들, 방랑자들, 세탁부와 광부들이 쿠르베의 그림에서 중심인물이 되었다. 누더기를 걸치고 단정치 못한 자세를 한 시골 농부들이 세상의 진리를 표현하기 위한 정직한 시도의 일부가 되었다. 그러나 주제 때문이 아니라 그것을 표현하는 방식 때문에 비판을 받았다. 그의 주제가 석공이면 그는 이 사람을 그가 쪼는 돌처럼 투박하게 표현했다. 바다도 동일하게 표현했다. 그가 그의 풍경에 쏟는 예리한 관찰력이 그의 붓의 거친 에너지와 결합해 터너 같은 선조들과 17세기 네덜란드 화가들에게 되돌아갈 뿐만 아니라 1870년부터 그 이후 회화의 모든 과정을 예측한다. 〈폭풍이 이는 바다〉는 물의 형태적 측면에 관심을 두고 있어 이후 추상화 예술가들의 작품을 직접적으로 이끈다고 할 수 있지만 아직은 수평선에 집착하고 있다.

한때 도버의 하얀 절벽과 프랑스인들이 앨러베스터 해안이라고 부르는 노르망디의 구멍이 많고 하얀 해안은 붙어 있었다. 코 지방에 있는 예술가들의 순례지이자 에트르타라고 불리는 지역이 있다. 1869년경 그 절벽의 바다가 쿠르베를 사로잡았다. 선원들은 그를 "물개"라고 불렀다. 그가 바위에서 형태와 색을 연구하면서 긴 시간을 보냈기 때문이다. 그곳이 그가 처음으로 바다 풍경을 그린 곳이다.

바로 그해 기 드 모파상이 에트르타를 지나가던 중 쿠르베와 마주치고 그 만남에 대해 파리 정기간행물 《질 블라스》에 이렇게 서술한다.

거대하고 휑한 방에서 뚱뚱하고 지저분하고 기름투성이 남자가 부엌칼을 가지고 빈 캔버스에 흰 페인트를 뿌리고 있었다. 가끔 얼굴을 창문에 기대고 폭풍우를 바라보았다. 바닷물이 너무 가까이 다가와 집을 타격하고 벽으로 흘러내릴 것 같았다. 벽난로 위 선반에 사이다 병과 반쯤 채워진 잔이 있었다. 쿠르베는 간혹 그 잔을 꿀꺽 들이켜고 다시 일을 한다. 이 작품이 〈폭풍이 이는 바다〉이며 전 세계적으로 돌풍을 일으켰다.

비평가들은 어떻게 반응해야 할지 몰랐으나 다른 화가들은 의심의 여지가 없었다. 마네는 그의 바다 풍경 그림 앞에서 "바다에 관한 한 그가 왕이다"라고 말했다. 그가 빛과 물에 대해 다루는 많은 것은 하늘의 왕인 외젠 부댕으로부터 훔친 것으로, 외젠 부댕은 언젠가 주제를 선택하는 데 실수했다는 것을 깨달았을 것이다. 바다를 그린 그림이 하늘 그림보다 훨씬 잘 팔리기 때문이다. 하늘은 화폭 위에 절대 기품 있게 옮겨지지 않고 감미롭거나 아니면 활기 없는 것이 된다. 반대로 바다는 항상 좋은 대가를 지불해 준다. 다음에 해변으로 휴가를 갈 때 비가 내리면 그 지역 아트 갤러리에 가서 한번 확인해보라.

쿠르베의 잔잔한 바다 그림은 약 35점이 있고 돌풍이 이는 그림은 30점이 있으나 나는 부에노스아이레스에서 2점만 보았고 이 둘은 국립미술박물관에 있다. 나는 다른 그림들을 인터넷이나 빌린 책에서 보았지만 〈폭풍이 이는 바다〉가 최고 중의 하나다. 우리가 그 그림 앞에 서면 예술은 사라지고 다른 것이 그 자리를 차지한다. 바로 모든 폭풍 속에 존재하는 삶이다. 쿠르베 자신도 자신이 바다 그림을 두 시간 만에 그린다고 자랑하곤 했는데 이 그림에 자부심을 느낄 것이다. 그는 목마른 말이 구유로 향하듯 이 그림으로 돌아가곤 했다.

물에는 그에게 그림에 대한 커다란 제스처를 잊어버리게하는 무언가가 있는데 그의 개인적인 면과 공적인 면을 분리하는 것이다. 세상 밖에서 그는 자신이 세기의 유일한 화가이자 최고이고 나머지는 그의 제자이자 바보라고 떠벌렸다. 1855년 심사원단이 만국박람회에 그를 포함하지 않자 허세 가득한 쿠르베는 자신의 전시관을 열었다. 1871년 그는 파리 코뮌의 폭동이 일어났을 때 방돔 광장의 나폴레옹 기둥을 넘어뜨리는 대중에 당당하게 가담했다. 그러나 그는 내성적인 사람이고 〈폭풍이 이는 바다〉를 그린 사람이며, 그의 번민하는 영혼에는 물만이 유일한 구원이었고, 프랑스 당국을 피해 스위스로 망명한 사람이다. 관광객들을 위한 감성적인 그림을 그리는 데 싫증을 느껴 술을 너무 많이 마신 탓에 58세 나이에 세상을 떠났다. 그는 뉴욕에서 1877년 섣달그믐에 숨을 거두었고 일주일 뒤 그의 파리 집과 자산은 공공 경매에 부쳐졌다.

나에게 〈폭풍이 이는 바다〉는 상징적인 그림이 아니고 인생에 대한 비극적인 명상도 아닌, 사물의 질서에 복종하는 쿠르베의 방식이다. 마르쿠스 아우렐리우스가 178년 흐론 강의 물을 바라보면서 한 것과 같다. 이 황제는 "우주가 결정하게 하라"고 말했다.

때때로 밤에 심야 텔레비전 채널에서 영화를 보는데 그 영화는 나를 늘 사로잡는다. 전 대통령들의 마스크를 쓰고 은행을 터는 서퍼들의 이야기다. 이들은 특별한 이유를 가진 서핑광들로, 구약을 읽고 예수의 재림을 선포하는 영적인 갱스터다. 지금 생각해보니 예수는 처음으로 물 위를 걸은, 첫 번째 서퍼다. 한 경찰이 그들에게 침투해 그들의 신비에 매료된다. 한 소녀의 문제가 급히 결말로 이끌 때까지 모든 것이 잘 풀렸다. 마지막 장면에서 경찰이 그룹의 리더와 대치한다. 메시아 같은 인물인 그 리더가 유일하게 집착하는 것은 100년에 한 번 밀려오는 거대한 파도를 타는 것이다. 경찰이 거기까지 그를 추적했고, 두 사람은 호주의 해변에 있다. 폭풍이 치고 멀리서 파도가 일기 시작한다. 경찰이 서핑 왕에게 수갑을 채우자 서퍼는 경찰에게 바다로 들어가게 수갑을 풀어달라고 요청한다. 경찰은 그를 놓아주는 것이 죽게 내버려두는 것임을 알았다. 서핑 왕에게 그 죽음은 적어도 자신의 믿음에 부합하는 것이다. 그들이 다투는 동안 파도가 뒤편에서 밀려든다. 우유나 크림 또는 스튜처럼 두꺼운 그 파도는 쿠르베의 작품 같았다.

　해가 지기 시작하자 하늘이 핏빛으로 물들고 음울한 자줏빛 안개로 덮였다. 나는 픽업트럭에서 내려 팔을 흔들며 사인을 보냈다. 소년들은 하나둘 순례하는 승려들의 위엄을 품고 물에서 나왔고, 집으로 가는 길에 보스턴 카페에 들러 내 평생 먹어본 것 중에 가장 맛있는 크루아상을 샀다. 우리가 머물던 집은 우리 조부모의 집이었으나 삼촌들이 상속 문제로 분쟁 중이어서 비어 있었다. 우리가 그곳에 머물 수 있도록 부모님께 허락을 받은 것 자체가 하나의 위업이었다. 엄마는 내 애인을 싫어했고 언젠가 내가 폴로 선수와 결혼할 거라는 기대를 아직 품고 있었다. 그녀가 협

상하는 방식이었다. 엄마는 돈을 좋아하고 나는 말을 좋아
하기 때문이다. 더 나아가 청소년기 소녀가 혼자 여행하는
것을 좋은 눈으로 보지 않았지만 어떤 순간에는 엄마가 양
보했다. 우리는 그 오래된 돌집으로 주말을 보내러 갔다.
그 집은 겉에서 보면 단단해 보였지만 안에서 보면 무너질
것 같았다. 나무 계단은 썩었고 흰개미들이 모퉁이마다 톱
밥의 피라미드를 만들어놓았고 방들은 바람 때문에 온종
일 덜커덩거렸다. 사방에서 찬바람이 들어왔고 습기 차고
안 좋은 냄새가 나는 큰 방에서 나와 애인은 서로의 몸을
녹이려고 섹스를 했다. 밖에서 발자국 소리가 들렸다. 밤에
복도를 거니는 누군가가 있었다. 나의 여자 사촌인데 부에
노스아이레스에서 몇 달 전 도망쳐 왔고 아무도 다시 데려
가려 하지 않았다. 나는 그녀의 가족들이 그녀가 멀리 떨
어져 지내기를 바라는 게 아닌지 의심이 들었다. 그녀는 나
보다 다섯 살 위였고 우리는 말을 거의 주고받지 않았다.
그녀는 아름다운 미소를 지녔고 아침 식사 때 만나면 래스
터패리언(rastafarian) 컬러의 구슬로 팔찌 만드는 법을 가르
쳐주었다. 내 손이 그녀처럼 가늘고 길어서 빨리 배웠는데
가족력인가 보다. 우리는 그녀의 일상을 방해하지 않았기

때문에 그녀는 우리가 거기서 지내는 것을 개의치 않았다. 그녀의 유일한 취미는 낡은 잡지를 오려서 푸른색과 초록색 계통의 콜라주를 만드는 것이다. 이 두 색이 그녀가 항상 사용하는 색이었다. 우리가 도착한 주에는 자기 방의 벽을 씌우고 있었다. 나에게 자기 계획은 천장을 포함해 방 전체를 씌우는 거라고 말했다.

내 사촌도 바다에 자석처럼 끌렸다. 인명 구조원들의 깃발 색에 개의치 않고 종교적인 열심을 가지고 바다에 뛰어들었다. 추우면 잠수복을 입었다. 우리는 테라스에서 그녀를 바라보며 그녀가 포기하고 집으로 돌아오는 데 얼마나 걸릴지 내기를 했다. 그러나 비가 마구 쏟아지는데도 그녀는 우리가 내기를 한 걸 알고 있기라도 한 듯, 우리가 도시 사람이고 바다에 번개가 칠 때면 놀라는 것을 조롱이라도 하듯 수영을 더 했다. 내 사촌은 괴짜고 나는 그것이 마음에 들었다. 우리 가족 중에 관습에 반항하는 사람이 있다는 것이 자랑스러웠다. 우리는 그녀가 왜 부에노스아이레스를 떠났는지에 대해 한 번도 이야기를 나누지 않았다. 하지만 나는 그녀가 왜 떠났는지 안다. 우리는 같은 피를 갖고 있어서 추측할 수 있었다. 단 한 번 신중하지 못하게 그녀가 밤에 걸어다니는 소리를 들었다고 말했다. 사촌은 얼굴을 붉히며 파리라도 쫓듯이 말했다.

"내가 무엇을 찾아다녔는지 모르겠네."

사촌은 마르델플라타에서 3년을 머물렀다. 그 지역 청년의 아이를 낳았는데 이 청년은 나중에 사라져버렸다. 내가 사촌이 있는 그곳에 마지막으로 갔을 때 새 애인을 데려갔다. 이번에도 엄마가 나와 결혼하기를 원하는 폴로 선수는 아니었다. 사촌은 많이 변해 있었다. 아들은 아직 한 살이 채 안 되었고, 우리가 들어가는 소리를 듣자마자 그녀는 아기를 안고 종종걸음을 치며 계단으로 사라졌다. 사촌은 이제 아침 식사를 하러 내려오지 않았고 더 이상 바다에서 수영도 하지 않았다.

수영은 그만두었지만 밤에는 계속 걸어다녔다. 집 어디에선가 아기가 계속해서 울어대도 아랑곳하지 않고 고통받는 영혼처럼 복도 이곳저곳을 돌아다녔다. 나는 내 방의 어둠 속에서 반쯤 열린 문을 통해 그녀를 바라보며 어찌할 바를 몰랐다. 만약 우리가 정신이 이상해지기 시작하는 사람 가까이 있으면 어느 순간 우리의 훔쳐보기가 관음증이 될 수 있다. 그 마지막 밤에 그녀의 마음속에서 번개를 보았다.

내가 본 것을 아무에게도 이야기하지 않았다. 누구에게 이야기해야 할지도 몰랐다.

우리가 머무는 동안 딱 한 번 그녀와 말을 주고받았다. 우리가 떠나는 오후였다. 자기 방으로 데리고 가서 콜라주로 뒤덮인 벽을 보여주었다. 쿠르베의 파도를 그 내부에서 보는 것 같았다.

"이제 거의 다 끝나가." 사촌이 미소를 짓는데 좀 과하게, 더 이상 잃을 게 없는 사람처럼 말했다.

몇 달 후 그녀가 목을 매 자살했다는 소식을 들었다. 해변 북쪽의 방파제 근처였고, 그날 하늘은 푸르고 분홍빛 뭉게구름이 떠 있었다. 그 집은 곧 호텔 체인에 팔렸고 우리 가족은 마르델플라타로 나를 보내 상속에 대한 증명서에 사인하게 했다. 공사가 이미 시작되었지만 마지막으로 들어가보았다. 정원을 거닐었는데 유일하게 공사를 하지 않는 곳이고 내가 또렷하게 기억할 수 있는 곳이었다. 갑자기 낚싯대의 릴이 물속에서 나를 꺼내려고 끌어당기는 것을 느꼈다. 나는 2층으로 올라가는 것을 허락받고 곧장 사촌의 방으로 갔다. 그녀의 콜라주를 보고 싶었고 적어도 하나라도 가져가고 싶었지만 벽들이 다 벗겨지고 하얀 라텍스 페인트가 칠해져 있었다. 그것을 찾으려고 옷장을 열어 보고 바다로 향한 테라스에서 유리 작업을 하는 인부들에게도 물었지만 내가 무슨 말을 하는지 이해하지 못했다. 어디엔가 있을 거라고 주장했지만 나는 그것을 끝내 찾지 못했다.

사촌과 나는 이름이 같았다. 마리아. 최근에야 우리 이름에 바다(mar)가 유혹처럼, 예언처럼 들어 있다는 것을 깨달았다.

트랩을 벗어나

주시 중인 예비 장교 M. Fabre

앙리 드 툴루즈 로트레크

육군 장교가 우리와 등지고 서서 쌍안경으로 지평선을 정탐한다. 그 뒤에서 다른 군인이 말을 타고 장교의 말고삐를 잡고 기다린다. 그 말은 유일하게 우리를 바라보고 있고 뒷다리가 구부러져 있어 당장이라도 발길질을 할 것 같다.

트랩을
벗어나

어느 날 밤, 친구 아말리아의 집에 있을 때 그녀의 서가를 기웃거렸다. 내 친구가 식사 준비를 하는 동안 나는 책장을 주의 깊게 염탐했다. 나는 자연스럽게 행동하려고 노력했으나 소매치기처럼 그것들을 살펴보았다. 슬쩍 엿보았고 내가 다른 사람의 화장실에서 구급상자를 열어보는 것처럼 무례한 짓을 하고 있다는 걸 알았다. 나는 그 유혹을 뿌리칠 수 없었다. 두 장소는 그 주인에 대한 중요한 정보를 제공하기 때문이다. 내가 파손된 책들의 구간, 더 정확히 말해 푸시킨과 나보코프 사이 경계를 검토하는 동안 낡은

『할리퀸을 보라!』라는 책이 있는 선반 앞에 빨간색 실크 위에 놓인 작은 청동 공을 보았다. 아말리아는 아파트를 장식하지 않기에 이것이 특이해 보였다. 그녀는 미니멀 라이프를 사는 사람에 속하는데 이들은 장식을 감기라도 되는 양 피하는 사람들로 전 세계에 퍼져 있다. 아말리아는 화장실에 은 받침이 있는 향수병도 없고, 부엌 선반에 도자기로 만든 부처도 없고, 벽에 아프리카 탈도 걸지 않았다. 그녀의 수도자 같은 검소함은 유전적인 것일 수도 있고 아니면 그녀 스스로 강요한 미니멀 라이프의 뒤늦은 증상일 수도 있다. 수년 동안의 포기하는 윤리 훈련, 그 훈련의 목적은 하위 계층으로 내려가는 것이 아니라 어떠한 사회적 상승도 원하지 않는 것이다. 내가 아말리아를 알고 지낸 기간 동안 장식이라고 간주할 만한 어느 것도 그녀가 물려받은 원룸 아파트에서 본 적이 없다. 그렇다면 이 청동 공은 왜 여기 있을까. 나도 똑같은 것을 하나 갖고 싶어서 억제하지 못하고 어디서 구했냐고 욕심을 드러내며 물었다. "선물이야. 도로당고"라고 대답했고 그녀의 눈에 전율이 이는 것을 감지했다.

어느 날 아침, 아말리아는 전화를 한 통 받는다. 한 여성의 목소리가 스페인어 선생을 찾는다고 했다. 그 여성은 일본 사람으로 최근에 아르헨티나에 도착했다. 회화를 연습해야 했고, 기초는 있지만 스페인어를 유창하게 구사하고 싶어 했다. 아말리아의 부모님은 일본 사람이고 그녀는 출판사에서 번역가로 일하고 있다. 자기 부모님의 동향인들에게 스페인어를 가르치지 않은 지 꽤 되었다. 그 여성의 목소리가 차분하고 허스키하면서도 달콤해서 호기심이 일었다. 다음 날 만나기로 약속했다. 그 여성의 아파트는 리베르타도르가에 있었고, 아말리아가 나에게 그 입구를 설명하자 어느 건물을 이야기하는지 금방 알아챘다. 엘리베이터가 그녀를 단번에 20층으로 데려다준다. 배가 내려앉는 것 같았는데 높이에 익숙하지 않기 때문이다. 싸늘하고 우아함을 갖춘 동양 여성이 문을 열어주었다. 그녀의 피부는 탱탱하고 검은 머리를 땋아서 쪽머리를 했고, 스파이 영화에서 방금 나온 것처럼 놀라울 정도로 아름다웠다. 그녀는 아말리아를 밝은 방으로 안내했는데, 벽은 희고 낮은 안락의자와 크롬 램프가 있고 커다란 창문은 천장까지 닿았다. 아말리아는 엘리베이터로 인한 일시적인 메스꺼움에서 벗어나 창문으로 다가갔다. 경마장의 트랙이 눈에 들어왔고,

발코니가 없어서 그녀와 모래 운동장에 그려진 원 모양의 트랙 사이에 공기밖에 없었다.

"내가 부동산 중개인에게 말이 보여야 한다고 요청했어요." 아말리아는 균형을 잡기 위해 깊게 숨을 내쉬고 단단한 땅을 밟고 있다는 확신이 들자 돌아섰다. 한 소녀가 방문에 서 있는데, 열다섯 살 정도 되어 보이고 파란 점퍼 아래로 야윈 팔이 엿보인다. 소녀의 머리는 비 맞은 까마귀같이 검은색을 띄었고 어깨까지 흘러내린다. 미소를 짓는데 눈동자가 너무 검어서 바닥이 없는 것 같다. 그녀가 다가올 때 아말리아는 그녀가 오른쪽 다리를 끄는 것을 알아챘다. 소녀의 이름은 미유키고, 한쪽 다리가 다른 쪽 다리보다 3센티미터 짧게 태어났다. 그래서 통굽으로 된 신발을 신었고 걸을 때 표가 난다. 소녀도 수업에 참석할 것이다.

엄마는 미유키의 아버지가 닛산의 임원이고 아르헨티나의 한 지사로 발령이 났다고 했다. 1980년대였고 부에노스아이레스의 거리는 일본 자동차로 가득했다. 두 여성은 정착해서 아파트를 꾸미려고 먼저 도착했다. 이후 몇 달 동안 매주 목요일 오후 5시부터 6시까지 공부를 할 것이다. 아말리아는 학생들과 스페인어로 대화를 했다. 회화 수업으로 일상적인 일에 대해 진지하게 대화를 나눈다. 딸은 실력이 빨리 늘지만 엄마는 그렇지 못하다. 세 사람이 둥근 유리 테이블에 앉고 창문이 가까워서 마치 경마장 트랙 위에 떠 있는 것 같다. 그 위에서는 출발을 알리는 종소리가 들리지 않지만 트랩이 열리고 말들이 앞으로 돌진하면 학생들은 자신의 의자에서 살짝 들썩인다.

남편은 오지 않았다. 시간이 지나면서 아말리아는 엄마와 딸이 둘로 나뉜 동일한 인물이라는 생각을 했다. 외모나 말하는 방식이 무척 닮았으나 딸의 부드러운 외모는 아직 엄마처럼 또렷하게 윤곽이 잡히지 않았다. 12월 어느 날 오후 수업이 끝나고 노트를 정리하는 동안 엄마가 오늘 수업이 마지막이라고 말했다. 갑자기 알려서 미안하다고 하면서 일본으로 돌아가야 한다고 했다. 아말리아는 일주일 내내 잔뜩 기대를 갖고 수업 시간을 기다렸기 때문에 엄마의 말에 놀랐다. 눈빛으로 그 이유를 묻지만 시선은 이미 머나먼 풍경을 보는 것 같다. 엄마와 딸이 아말리아에게서 50센티미터 정도 떨어져 있지만 이미 수천 킬로미터 이상 멀리 있는 것처럼 그녀를 바라보았다. 엘리베이터 문이 닫히기 전에 미유키는 아말리아에게 빨간 천으로 우아하게 감싼 작은 상자를 주었다. 그 안에 도로당고가 들어 있었다. 아말리아는 그것을 가져본 적이 없지만 그것에 대해 말하는 것을 들었다.

태곳적부터 교토에서는 어린아이들이 빙 둘러앉아서 진흙으로 작업하는 것을 배웠다. 손으로 진흙을 문질러서 당구공만 한 형태를 만들었다. 그들은 햇볕에 앉아 수 시간 동안 그늘에 말리고 물에 담그며 필요한 시간만큼 계속 작업을 했다. 진흙 공은 연마된 청동 구로 변한다. 너무 많이 연마하면 도로당고에 금이 간다. 그 기술이 선생에게서 제자에게로, 여러 세대를 거치며 전수되었다. 끈기 있는 사람들만이 그 기술을 마스터한다.

아말리아의 이야기에 등장하는 아파트는 내가 매일 오후에 지나가는 곳이어서 잘 알고 있다. 개를 산책시키러 나가던 소녀 시절이었다. 열두 살의 나를 옭아매는 부모의 속박에서 벗어나는 방법은 오래 걷는 것이었다. 나는 개를 데리고 나가면서 화를 내며 소리쳤다. 닥스훈트는 내가 소리쳐도 상관하지 않고 꼬리를 흔들며 엘리베이터까지 나를 따라왔다. 하루는 집에 너무 늦게 돌아오자 부모님이 경찰을 불렀다. 내가 도착했을 때 경찰관 두 명이 문에서 기다리고 있었다. 나에게 말은 하지 않았지만 그들의 시선으로 보아 내가 문제였던 게 분명했다. 그들과 대치하지 않기 위해 내가 가장 좋아하는 탈출구인 하인들의 문으로 들어갔다. 그날 이후 나는 "개를 산책시키러 나가요"라는 메모를 반드시 남겨놓고 나갔고, 그렇게 매일 두 시간의 자유 시간을 확보했다.

개를 산책시키러 나간 어느 날, 우리는 경마장까지 갔고 경주가 있었다. 그 당시 트랙이 담에 둘러싸여 있어서 길에서는 경주를 볼 수 없었다. 그러나 담의 윗부분 한 지점이 쇠창살로 되어 있었다. 거기서 안을 엿볼 수 있었다. 나는 날렵해서 순식간에 쇠창살 위까지 올라갔고 강아지는 밑에서 절망한 채 나를 바라보고 있었다. 그 자리에 오르자 트랙이 내 시야에 넓은 타원형 모래밭으로 펼쳐졌다. 그 뒤로 패덕과 관람석이 햇볕 아래 희미하게 보였다. 멀리서 기수들이 말에 올라타고 트랙에 들어가기 전에 페이스를 조절하고 있었다. 잠시 후 여름 폭풍이 불기 전처럼 바람이 일기 시작하고 가장 중요한 파트가 시작되었다. 출발을 알리는 종소리가 공기를 가르고 문들이 열렸다. 내 가슴은 작은 핀들이 찌르는 것 같은 느낌을 받고, 섬광들이 점점 커진다. 내 앞에는 단지 말들의 달리려는 의지, 말들의 빨라진 숨소리, 다리의 긴장과 탄력 있는 근육, 땀으로 매끄러워진 몸과 가슴에 쌓이는 거품만 보였다.

문제는 경주가 없는 날이었다.

어느 날 오후, 철창에 도달하니 경마장이 비어 있어서 계속 걷기로 했다. 30분 정도 유모차를 밀어주는 유모들을 피하고 강아지가 숨을 좀 돌리도록 잠시 쉬다가 빛바랜 분홍색 건물에 도착했다. 한 번도 들어가본 적은 없지만 이상하게도 박물관이라는 것을 알았다. 나를 박물관에 자주 데려가던 엄마가 그림에 대한 망상이 있었기 때문이다. 우리가 뉴욕에 갈 때마다 엄마는 도착하는 즉시 오빠들과 나를 메트로폴리탄으로 끌고 갔다. 엄마는 메트로폴리탄에 대한 강박 관념이 있었다. 우리는 택시에서 내리자마자 파피루스, 석관과 미라가 가득한 홀을 지나가는 엄마를 놓치지 않기 위해 뛰어야 했다. 엄마는 마침내 목적지인 모네의 〈수련〉에 도착하면 "아, 나의 모네"라고 하며 한숨을 내쉬고 우리는 클로드 모네의 〈수련〉 앞에 앉아 호텔에서 급하게 삼킨 스크램블드에그를 소화했다.

비록 내가 모네의 아름다운 스타일을 감지할 수 있다 하더라도, 나는 그의 작품에 진지하게 매료되지 않았기 때문에 그는 나에게 전혀 감동을 주지 않았다. 엄마는 내 신경이 불안정해서 그렇다고 했다. 그러나 그 당시 나는 표현을 잘 못했을 뿐이었지, 실상은 완전히 다른 것이었다. 내 생각은 어느 예술가든 새롭고 놀라운 경험을 찾는 것에 너무 의존할 경우, 그것을 발견하고 타인에게 전달할 때는 효과가 줄어든다. 모네는 시각적인 경험을 하는 것에 한정되기에 사물의 표면만 터치한다고 나는 생각한다. 감동에 대한 것이라면 이집트 관에서 조금 전에 본, 회색 붕대로 두른 그 어린아이의 미라가 더 이끌린다. 카슨 매컬러스가 그것을 잘 표현했다. "갑자기 너는 여기서 무언가를 캐치한다. 그리고 자기 눈꼬리를 가리켰다. 그리고 차가운 전율이 당신의 위아래로 흐른다."

우리 집에서 스무 블록 떨어진 분홍색 박물관에 대해 아무도 이야기해주지 않았다. 내 유년기의 부에노스아이레스는 부모님에게 예술적으로 흥미로운 점이 없었다는 것을 나중에 이해하게 되었다. 부모님은 과거에 궁전 같은 저택이나 청동 조각, 은 식기 세트에 비친 자신들을 보면서 신경쇠약이 생긴 이래 무기력하게 살고 있었다. 개를 데리고 박물관 앞을 산책하던 어느 날 오후, 건물 계단에 소년들이 서 있었다. 내가 그들 옆을 지나갈 때 돌풍이 불면서 내 타탄 체크 교복 치마가 올라가 치맛자락을 붙잡으려 하자 소년들이 폭소를 터뜨렸다. 그 당시 나는 유리를 깰 정도로 그들을 죽일 듯이 노려보았다. 그러나 박물관 문이 열리자 강아지를 기둥에 묶어놓고 그들 뒤를 따라갔다. 나는 주위를 둘러보았는데 어디에서 멈춰야 할지 잘 몰랐다. 매번 소년들이 속닥이는 소리를 들었고 다시 그들과 마주쳤다.

그때 그 그림을 보았다. 사무용 서류철 크기였고 제목이 〈주시 중인 예비 장교 M. Fabre(En observation-M. Fabre, Officier de reserve)〉이고 앙리 드 툴루즈 로트레크의 작품이었다. 이 그림은 무엇에 대한 것인가? 말이 있었다. 지금도 그림의 주제가 내가 가장 먼저 보는 것이고 가장 먼저 눈길을 사로잡는 것이다. 다른 것도 있었다. 예를 들어 초록이 많은데, 그래서 그 유명한 "초록 로트레크"라 불리고 10년 뒤 대학에서 그것을 배우게 된다. 육군 장교가 우리와 등지고 서서 쌍안경으로 지평선을 정탐한다. 그 뒤에서 다른 군인이 말을 타고 장교의 말고삐를 잡고 기다린다. 그 말은 유일하게 우리를 바라보고 있고 뒷다리가 구부러져 있어

당장이라도 발길질을 할 것 같다. 인상주의에 의해 방종한 졸음에 빠져 있던 우리를 막 깨어나게 하려 하나, 나는 그때 그런 것을 아직 몰랐다.

 툴루즈 로트레크가 태어난 알비의 보스크성보다 특권을 더 많이 누리는 환경을 상상하기란 어렵다. 그의 가족은 귀족이자 반대주의자들이고 루이 6세의 후손이다. 그의 아버지 알퐁스 백작은 작은 쇠사슬을 엮어 만든 갑옷을 입는 기인으로, 사람보다 말을 더 사랑한다고 말하곤 했다. 여름에는 생고기를 먹이는 매를 어깨에 얹고 준마를 탄 채 마을의 거리를 돌아다녔다. 그리고 매에게 종교의 혜택을 박탈하지 않기 위해 성수를 먹이기도 했다.

 그의 가족은 에너지가 넘친다. 18세기에 애들레이드 데 툴루즈는 자신의 침대를 거쳐가지 않은 하인, 귀족, 도시 또는 시골 사람이 없다고 자랑했다. 툴루즈가 사람들은 이렇게 쾌락주의자들이었고, 다른 사람들에게 재산을 주지 않으려고 근친결혼을 했다. 알퐁스와 그의 사촌 애들레이드와의 결혼에서 앙리가 태어났는데, 유전적 장애로 피크노디소토시스를 갖고 있어 뼈가 잘 부러졌고 몸통은 어른

같지만 다리는 어린아이의 것에 머물렀다. 열두 살 때 의자에서 떨어져 왼쪽 대퇴골이 부러졌고 이후에 또 떨어져서 오른쪽 대퇴골이 부러졌다. 1년 후 키가 1미터 50센티미터였고 많은 보살핌에도 2센티미터 이상 더 자라지 않았다.

"우리 툴루즈가 사람들은 태어나는 순간에 안장에 앉을 수 있다"고 알퐁스 백작이 말하곤 했다. 그러나 "우리 아들에 대해서는 그렇게 말할 수 없다"고 했다. 다리 골절 때문에 어린 앙리는 효과도 없는 치료를 받아야 했다. 정원으로 향하는 테라스에서 접이식 의자에 앉아 호두나무 꼭대기와 그의 주위를 맴도는 의사들의 무리를 보는 것이었다. 그는 말 위에 올라타기를 원했지만 바라보기만 해야 했다. 그래서 그것들을 그리기 시작했다. 로트레크를 위해 고개를 숙인, 빨간 갈기를 지닌 암말의 콧구멍을 붓으로 다듬으면서 그는 그의 아버지에게 "이 세상 어느 것도 나를 그렇게 흥분시키지 않는다"고 말했다. 오래전부터 해오던 대화를 이어가듯 백작은 아들에게 말했다. "기억해라, 아들아. 문밖에서의 삶만이 건강한 삶이라고 할 수 있어. 자유가 없는 모든 것은 기형이 되고 죽게 되지."

젊은 앙리에게 귀족적인 분위기는 죽음처럼 느껴졌다. 유일하게 대화가 통하는 사람이 르네 프린스토였고, 이 농아 화가는 그에게 기초적인 기술을 가르쳐주고 파리로 갈 것을 독려했다. 계층을 탈주한 모든 사람들처럼 몽마르트르가 그를 아들로 맞아주었다. 이 알비 숲의 왕자에게 여성들은 우아함이나 활력에 있어 말들을 대체했다. 즉, 그는 말 대신 여성들을 그렸다. 창녀들은 너무 작은 그를 보고 당황했지만 그는 그녀들을 터치할 때 몸의 비밀스러운 장소나 입술처럼 부드러운 곳을 잘 찾아낸다. 툴루즈가 거울에서 자신을 바라보면 돌출한 코, 쇠로 된 코안경, 부어 있는 입술과 안짱다리를 본다. 그의 신체적인 기이함은 놀라운 생식기로 이어졌다. 다리가 3개라는 의미로, 사창굴에서는 그를 '삼각대' 또는 '커피포트'라 불렀다. 그는 걸을 때 지팡이를 짚었고 스커트 들추기를 좋아했는데, 이것을 소녀들의 다리 사이를 쿡 찌르는 데 사용했다. 페르 라 퓌되르는 사진사이고 밤에는 사회 위생 단체에서 일했으며 카바레의 윤리를 감시했다. 그가 떠나자마자 소녀들은 안심하고 돌로 된 작은 난간과 같은 테이블에 정강이를 바짝 대고, 그 위에 자신들의 전리품인 하늘하늘한 속치마와 실크 스카프, 리본과 레이스를 공중에 던진다.

툴루즈는 물랭루주에 자리를 예약해두고 한쪽 벽에서 자신의 그림을 보여주었다. 자신의 뿌리를 떠나 사는 삶은 힘들었지만 그는 적어도 숨을 쉴 수 있었다. 함께 술을 마시던 동료가 그가 테이블에 놓아둔 연필을 집어 건네며 말했다. "신사 양반, 지팡이를 잊으셨어요." 이어 무희 중 하나가 그의 석판화를 보고 말했다. "당신은 기형의 천재군요." "그 말은 어릴 때부터 들었어요"라고 그가 대답했다. 툴루즈는 그 당시 불경한 이 여성들, 세기말 마돈나들과 친구가 되어 포스터에서 그들의 부도덕함을 보여주었다. 그녀들은 자신들을 못생기게 그린다고 불평했지만 그를 위해 계속해서 포즈를 취해 주었다. 그는 빨간 머리의 여성들을 가장 마음에 들어했고, 빨간 머리를 신이 준 금발로 여겼기에 이들을 "신들의 금발 머리 여자"라고 불렀다. 포포, 라 루즈와 마드모아젤 카로트는 주사위 놀이를 하고 함께 목욕을 한다. 발정 난 고양이처럼 긴 의자 위에 누워 있고 자신들을 그리는 사람에 동요하지 않는다. 그는 그러는 동안 계속해서 한 모금씩 마셔서 그의 콧수염 끝이 마를 틈이 없었다.

그의 실속 있는 예술은 현대 일본 예술의 양상들을 스펀지처럼 흡수했다. 그 당시 현대 일본 예술을 우키요에

(Ukiyo)의 예술 또는 덧없는 세상의 예술라고 불렀다. 더 불
결할수록 더 낫고 더 관능적이며, 더 지능적이고 더 사악
할수록 더 낫다. 검은색으로 윤곽을 그린 영역, 완곡한 앵
글, 그림 속 물결 모양의 선. 파리에서 툴루즈 역시 덧없는
세상의 예술가였고 우타마로에게 찻집이 그랬던 것처럼 그
의 작업에 사창굴이 중요한 역할을 했다. 일본에 가는 것
을 꿈꾸었으나 아무도 그와 함께 가려고 하지 않았다. 그에
게 세상을 향해 문을 막 열어준 그 머나먼 섬인 일본의 남
성들도 그와 같이 키가 작다고 했다.

학생들이 갑자기 떠나고 20년 뒤 아말리아는 일본으로
여행을 갔다. 호텔에 도착했을 때 오래된 수첩에 적어 놓은
전화번호로 전화를 걸었다. 미유키는 아말리아의 전화를
받아서 기쁘다고 했으나 목소리가 가라앉아 있었다. 그날
밤 신주쿠의 한 바에서 만나기로 했다. 아말리아는 택시가
잘 안 잡혀 약속 장소에 늦게 도착했고 미유키를 찾는 데
시간이 걸렸다. 귀청이 떨어질 정도로 소리가 너무 컸고 거
울 기둥들에 빨간색 펠트 테이블과 웨이터, 위스키 병들이
중첩되어 보였다. 바에 다가가서야 그녀를 알아보았다. 인

공적인 불빛 아래에서 반사된 형상이 아닌지 확인하기 위해 그녀의 얼굴 앞에서 허공에 손을 뻗었다. 미유키는 이제 서른이 넘었고 매력이 빛을 바랬다. 미소 지을 때 눈가에 부채꼴 모양 주름이 생겼다. 거북딱지 손잡이가 달린 지팡이는 가까운 의자에 기대어 있었다. 미유키는 맥주 두 잔을 주문했고 맥주를 마시면서 놀라울 정도로 능숙한 스페인어로 쉬지 않고 말했다.

그녀의 어머니는 제2차 세계대전 때 고아가 되었고 가톨릭 수도원에서 자랐다. 아름답고 예의가 발라서 기업의 한 임원과 결혼할 수 있었다. 그 당시 가톨릭 수도원은 품위 있는 여성들을 남성들에게 제공해주었고, 이 남성들은 경제가 성장하는 1960년대 일본의 시대적 상황에 순응하려 했다. 그러나 남편은 사업에만 관심이 있었고 미유키가 신체적 결함을 갖고 태어나자 사이가 더 벌어졌다. 부에노스아이레스의 에피소드는 그들의 결혼 생활이 어땠는지를 잘 보여주었다. 엄마와 딸은 남편이 도착하기 전에 모든 것을 준비하려고 먼저 떠났다. 그사이 아버지는 다른 곳에 발령이 나서 그들에게 아무런 설명도 없이 돌아오라고 했다.

도쿄에 도착하고 얼마 안 되어 엄마는 자동차 사고로 허망하게 세상을 떠났고 미유키는 역사를 공부하러 대학에 들어갔다. 그녀는 새로운 환경에 적응하기 힘들었다. 그녀의 엄마는 딸의 교육을 위해 헌신했다. 어릴 적부터 딸에게 세밀한 부분까지 교육시켰고, 그런 교육을 바탕으로 딸이 어려움을 피할 수 있을 거라고 생각했다. 그 결과 그녀는 온실의 연약한 화초가 되었고, 대학 동료들의 특별 대우가 아닌 일상적인 대우를 견디지 못했다. 어느 날 도서관 계단에서 그녀가 기절하자 졸업을 앞둔 한 의과 대학생이 그녀를 도와주었다. 1년 후 그들은 결혼했다. 그녀는 남편을 따라 마츠모토시로 가려고 학업을 그만두었고 2년 후 이혼했다. 미유키의 정교한 매너는 남편을 화나게 했다. 그녀가 남편 동료들의 부인들보다 훨씬 더 예의가 발라서, 이들은 그녀를 받아주지 않았다. 남편은 싸울 때 그녀에게 "너는 너무 많은 교육을 받았어, 미유키. 너를 망쳐놓은 거야"라고 말했다.

미유키는 도쿄로 돌아왔다. 아버지가 당뇨 때문에 시력을 잃어서 누군가 옆에서 도와주어야 했다. "내가 뭐 다른 걸 할 수 있겠어? 내 나이에 이혼하고 자식도 없는 여자가? 정물화 같지"라고 그날 밤 바에서 말했다. 그녀의 시선이 아득해졌다. 아말리아는 도로당고를 부적처럼 지갑에 늘 넣고 다니는데 잠시 그것을 돌려줄까 생각했지만 모욕이 될 수도 있다는 생각이 들었다.

툴루즈는 서른 살이지만 예순 살은 먹은 것처럼 보인다. 매독에 걸렸지만 의사의 충고를 듣지 않는다. 그는 애완동물로 키우는 가마우지를 끈에 매단 채 아르카숑 해변을 거니는데 이 새도 주인처럼 다리를 전다. 그의 친구들은 그가 헛소리를 하기 시작한다고 경고했다. 가족들은 어찌할 바를 몰라 그를 가두었다. 세인트 제임스 요양원에 좁은 복도가 있는데 채광창에 기름때가 묻어 빛이 거의 들어오지 않는다. 그 복도 끝에 방이 두 개 있다. 하나는 툴루즈를 위한 것이고 다른 하나는 그의 경호원이 쓴다. 거기서 아버지에게 편지를 썼다. "자유가 없는 모든 것은 죽은 것이다. 아버지가 그러셨지요." 하루에 30분씩 요양원 경내를 걸을 수 있었지만 거기서는 숄을 뒤집어쓴 폐결핵 환자들만 마주쳤다. 그들도 그와 같이 숨을 헐떡였고 계속해서 걸음을 멈추며 주변의 전나무를 셌다. 건강이 좋아졌다는 것을 보여주기 위해 그림을 그릴 재료를 요청했다. 서커스의 말 그림과 자유를 바꾸었다. 1901년 3월, 뇌출혈로 하반신이 마비되었다. 라 지롱드의 말로메성(城)으로 그를 옮겼다. 그의 친구들은 그를 보러 오지 않았다. 라 지롱드는 매우 멀었고 세기말 파리에서는 사람들이 모든 것을 미화하느라 여념이 없었다. 알퐁스 백작만이 사냥하러 오는 길에 그의 침대 옆에서 두세 시간을 보내며 신발 끈으로 만든 새총을 가지고 날아다니는 파리를 건성으로 쫓았다.

무더운 어느 날 밤, 로트레크는 그의 밤색 암말 꿈을 꾸었다. 이 말은 거친 숨소리를 내며 고개를 흔들면서 궁전의 복도를 힘없이 걸었다. 발굽이 돌바닥에 부딪혀 울린다. 루이 13세 태피스트리로 인해 질식할 듯한 방들을 지나, 가구와 탁자 위에 쌓인 인형들을 피해 로트레크의 침대에 도착한다. 말의 콧구멍은 로트레크의 얼굴에서 1센티미터 떨어진 채 벌름거리고 말의 아몬드색 꼬리는 침대 덮개를 흔들어댄다. 화가는 잠에서 깨어나는 꿈을 꾸고, 말이 방에 그와 함께 있는 것을 발견한다. "오, 생명이다. 생명!"이라고 중얼거리며 더 이상 말을 듣지 않는 다리로 그의 몸을 감고 있는 시트를 걷어차려 한다.

그림에서의 삶

황 · 적 · 청
바실리 칸딘스키

칸딘스키의 뒤를 이어 영적 여행의 시퀀스처럼 추상예술의 전통에 그를 포함시킬 수 있다.

그림에서의 삶

나는 두렵다. 플라스틱 의자에 앉아서 의사를 만나기 위해 차례를 기다리고 있다. 싸늘한 봄날 아침이고, 며칠 전부터 오른쪽 눈이 떨려서 진찰을 받으러 왔다. 터무니없이 강하게 떨리는데 특히 아래 눈꺼풀이 심하다. 때때로 폭발할 것 같다. 내가 잠에서 깨고 5분도 안 되어서 떨리기 때문에 피로는 원인이 아니라고 생각한다. 또한 지난 일주일 동안 책을 전혀 읽지 않았기 때문에 눈의 피로 문제도 아니다. 알코올이나 담배, 커피는 별로 손대지 않기 때문에 이것도 눈떨림의 원인은 아니다. 그리고 스트레스를 믿지 않는다.

어떤 병 때문일 거라고 생각한다. 인터넷에 눈이 떨리는 사람들의 커뮤니티가 있었다. 한 그룹이 나를 매주 월요일 밤 바우엔 호텔에서 열리는 모임에 초대했다. 이 미팅에서 참석자들은 둥글게 앉아 자신들이 지닌 심리적 고뇌의 스펙트럼을 나누는데 만성 우울증, 병적인 사고, 편두통, 비현실적 감각 등이다. 가끔 눈떨림을 겪은 유명 인사를 초대해 경험담을 듣는다. 어떻게 해야 카메라가 당신의 눈떨림을 잡지 못할까? 고맙지만 나는 초대를 거절했다. 내가 이 방향으로 계속 가면 모든 것이 악화될 것 같아서 의사에게 가기로 했다.

병원 대기실은 새하얀 색이었다. 엄마와 아들이 내 앞에서 순서를 기다렸다. 아들은 도수가 높은 안경을 쓰고 있고, 나를 보자 껌을 씹다가 입에서 꺼내 길게 늘어뜨려 흔들리는 다리 모양을 만들었다. 엄마는 아들에게 그만하라고 했으나 아들은 계속했고 나는 시선을 돌렸다. 내 눈이 떨리기 시작했고 오늘만 해도 수차례 떨렸다. 그때 로스코를 본다. 벽에 있는 포스터다. 한 가지를 오랫동안 보면 떨림이 말이 질주하듯 심해지기 때문에, 그림을 보고는 재빨리 시선을 내렸다. 로스코의 붉은색 그림 중 하나로, 높이가 높은 작품이다. 국립회화박물관에서 본 적이 있어서 금방 알아보았다. 고전적인 로스코다. 진홍색 배경에 강한 붉은색이 검은색으로 바뀐다.

로스코의 오리지널 작품을 보지 않으면 반밖에 못 본 것이라고 사람들은 계속해서 말한다. 복제에서는 모든 것이 사라지지만 나는 이 복사본에서 놀라운 것을 발견했다. 심지어 그의 작품이 눈이 아닌 복부를 통해 몸 전체를 불처럼 침투하는 느낌을 준다. 그의 작품들은 예술 작품이 아니라 성경의 불에 타고 있는 떨기나무라는 생각이 들 때가 있다. 불이 붙어 있지만 절대로 타지 않는 관목이다. 로스코에게는 고갈되지 않는 무언가가 있다. 그는 관목의 창시자이다. 수년 전부터 사후 세계의 이미지를 만든 그에 대한 과장된 미사여구다. 그럼에도 불구하고 칸딘스키의 뒤를 이어 영적 여행의 시퀀스처럼 추상예술의 전통에 그를 포함시킬 수 있다. 아델만 박사의 비서가 내 차례가 되었다고 알려줄 때 그런 생각을 하고 있었다.

상트페테르부르크 남쪽에, 예전에는 드빈스크였고 지금은 다우가우필스라고 불리는 도시가 있다. 지금은 라트비아의 영토지만 1900년대 초에는 제정러시아 체제하에 있었다. 일자리가 많지 않았기에 그 돌파구로 젊은 여성들이 매춘에 빠지게 되었다. 이러한 운명에서 벗어나기 위해 애나 골딘은 열다섯 살 나이에 약사 로스코와 결혼해 네 명의 자녀를 두었다. 막내가 마르코, 미래의 로스코이며 가장 감성적이고 건강 염려증 환자이며 유일하게 탈무드를 배웠다. 드빈스크에서 사형 집행을 했다는 역사적인 기록은 없지만 로스코는 나중에 이렇게 말한다. "카자흐 사람들이 유대인들을 숲으로 데려가 공동묘지를 파라고 했다. 사각형 무덤을 생생하게 보았기에 대학살이 일어났는지 아니면 내가 상상을 한 것인지는 알 수 없지만, 그 이미지는 항상 나를 괴롭혔다." 어느 날 아침 로스코 부인과 자녀들은 리에파야항에서 배에 올랐다. 몇 달 전에 출발한 아버지에게 합류하기 위해 미국으로 떠나는 것이었다. 그들은 오리건주의 포틀랜드에서 내렸고, 로스코의 아버지는 그들이 도착하자마자 결장암으로 세상을 떠났다. 어린 로스코는 열한 살이었고 유대인이었고 가난한 좌파였다. 그는 최선을 다해 중등 교육을 마치고 1929년 법학을 공부하려고 예일 대에 장학생으로 들어갔다. 몇 달 뒤 검은 목요일이 국가의 근간을 침식하기 시작했고 그는 공부를 그만두었다. 뉴욕으로 가서 빈둥거리며 돌아다니다 굶어 죽을 뻔했다.

그가 만일 그때 죽었더라면 역사는 그를 기억하지 못할 것이다. 45세 이전의 로스코는 화가로서 두각을 나타내지 못했기 때문이다. 초현실주의 단계에서는 놀라울 정도로 평범했고 1930년대에 자코메티처럼 가늘고 긴 형상의 고뇌에 찬 도시 경관을 그리기 시작했으나 희망이 없었다. 예술가들이 평생을 기다리는 순간이 있는데, 이런 순간이 오는 경우도 있고 오지 않는 경우도 있다. 그 순간은 결국 미술가들을 깊은 곳에서 끌어올려주는 비전이다. 그것이 로스코에게는 1945년 여름에 찾아왔다. 그때 그는 화폭 공간에 떠다니는 추상적이고 흐릿한 블록을 그리고 있었다. 선과 디테일의 개념이 사라지고 분홍, 복숭앗빛, 연보라색, 하얀색, 노랑과 사프란색이, 유리잔 위에서 김이 소멸하듯 색깔 자체가 폭발했다. 그의 눈이 번쩍 뜨이는 것 같았다.

사람들은 로스코의 그림을 보기 위해서는 일출을 보는 것과 같은 마음으로 다가가라고 한다. 매우 아름다운 그림들이지만 그 아름다움이 숭고할 수도 있고 장식용이 될 수도 있다. 어퍼이스트사이드 거실에서 그의 그림들은 가죽 소파와 앙고라 카펫과 잘 어울렸다. 비평가들은 그를 증오했다. 로스코는 은행 잔고가 늘어나는 동안 그들의 비난을 견뎠다. 그가 기교를 부린다며 비난하고, 추상적인 표현주의의 엄격함으로 돈을 번다고 했다. 화가는 "비극적인 경험은 나의 예술의 유일한 원천이다"라는 말로 자신을 방어하기 시작했다. 자기 무덤을 스스로 파는 것과 같았다. 그의 호언장담은 수년 동안 그의 작품을 억압하고 빛을 잃게했다.

로스코는 불안하면 말을 더 많이 했다. 한 예술 작품의 가장 강력한 요소는 종종 침묵이고, 비평가들이 말하듯 스타일은 무언가를 강조하기 위한 방편이라는 것을 그는 간과했다. 로스코의 작품을 보면서 정신적인 경험을 할 수는 있지만, 그것은 말로 표현할 수 없는 정신적인 것이다. 마치 빙하를 보러 가거나 사막을 횡단하는 것 같다. 로스코의 그림 앞에 서서 당신은 무언가 의미 있는 말을 하려고 하지만 허튼소리만 하게 된다. 당신이 실제로 하고 싶은 말은 "아이구, 깜짝이야"이다. 이렇듯 언어의 부적절함이 그토록 눈에 띄는 일은 드물다.

그가 가장 성공을 거두던 시기인 1949년부터 1964년 사이에 로스코의 삶은 흐트러지기 시작했다. 결혼은 파경에 이르렀고 친구들은 멀어졌고, 손에 닿는 것은 무엇이든 마셨다. 심지어 화분의 물까지도 마셨다. 증오심에 시달렸고 파멸의 소용돌이로 치달았다. 폭풍이 치는 어느 날 밤 그가 아파트 건물을 나갈 때 경비는 날씨가 안 좋으니 조심하라고 했다. 그러자 로스코는 "내가 주의해야 할 게 딱 하나 있어요. 검은색이 붉은색을 삼켜버리는 것을 막는 거요"라고 대답했다.

"전에 이런 적이 있나요?" 아델만 박사가 묻는다.

"눈에서요? 복시가 있었어요. 일곱 살 때 수술받으려고 했지만, 제가 너무 긴장해서 마취가 되지 않아 의사들이 포기했어요. 저는 신경이 굉장히 예민했어요. 다행히 사람은 바뀌어요, 안 그런가요?"

의사는 내 말에 대답하지 않고 나를 대기실로 돌려보낸다.

나는 약효가 나타날 때까지 눈을 감고 있어야 한다. 눈을 감고 있어야 하는데 잘 감고 있지 못하고, 간간이 젖은 속눈썹 사이로 훔쳐본다. 로스코의 포스터를 본다. 동공이 커지는 것을 느낀다. 눈을 떴다 감는다. 다시 눈을 뜨자 빨간색이 나를 사로잡는다. 눈을 감자 내 눈꺼풀의 검은색 위로 떠다니는 것을 본다. 나는 일어나 로스코가 조언했듯이 45센티미터의 거리를 두고 선다. 그리고 생각한다. '어떻게 이 사람은 자신의 삶이 최악일 때 그렇게 도취할 정도의 추상적인 그림을 그리는 데 성공할 수 있었을까?' 나는 T. S. 엘리엇을 생각한다. "예술가는 더 완벽할수록 그 자신 안에 고통을 겪는 사람과 그가 만든 정신이 더 완벽하게 분리된다." 아델만 박사의 비서는 내게 앉아 있으라고 했고, 나는 눈을 감고 내 자리로 돌아간다.

1970년 2월 25일 오전, 로스코는 화장실에 들어가 신발을 벗고 바지와 와이셔츠를 의자 등받이에 올려놓고 칼로 자신의 손목에 깊은 상처를 낸다. 폐기종이 심했다. 그의 비서가 그를 발견했을 때 로스코는 자신의 그림처럼 넓게 번진 붉은 피 웅덩이에 엎드려 있었다.

그는 몇 가지 비밀을 간직했다. 1959년, 절정기에 그는 뉴욕 시그램 빌딩의 고급 식당인 포시즌 레스토랑에 벽화 그리는 일을 거절했다. 로스코의 스튜디오를 자주 방문했던 도어 애쉬턴은 "로스코는 자신의 벽화가 직원들 식당에 걸릴 것이라고 믿었다"고 말한다. 하지만 다른 사람들은 그것은 거짓말이라고 하며 "로스코는 자기 그림이 호화로운 식당을 장식할 것을 알고 있었다"라고 말한다. 그의 가장 친한 친구들인 바넷 뉴먼과 클리포드 스틸은 로스코가 예술의 명예를 더럽힌다고 비난하며 최악의 적이 되었다. 그러나 나의 한 친구가 말하듯이 "명예를 더럽히는 방법은 많다"라며 로스코는 다른 생각이 있었다. 그 생각을 같은 해, 대서양을 횡단해 나폴리로 가는 배에서 존 피셔에게 말했다. "우리는 우리 모두를 죽이는 결과를 낳지 않는 삶과 일하는 방식을 찾아야 해." 저렴한 가격과 낮은 등급의 갑판 위에 널브러져 있는 위스키 사이에서 그의 기본 계획은 "출구가 없다고 느끼게 만드는 그림으로, 그림이 걸린 방에서 식사하는 그 부자 녀석들의 식욕을 없애 버리는 것"이었다. 그는 몇 년 전에 방문했던, 피렌체에 있는 미켈란젤로의 위압적인 라우렌치아나 도서관을 다시 방문하려고 생각하고 있었다. 며칠 뒤 폼페이에서 로스코는 부인 멜과 딸 케이트와 그의 곁을 떠나지 않는 피셔와 함께 폼페이의 성벽 밖에 있는 고대 로마의 별장인 비의장을 보러 갔다. 내부 장식이 술의 신인 디오니소스를 연상시키는 식당에서 외설적인 붉은색과 검정색의 심술궂은 혼합 사용에 깊은 인상을 받았다. 로스코가 뉴욕으로 돌아왔을 때 그 모든 것은 그의 머릿속에 있었고, 점심 식사를 하기 위해 자신의 부인을 포시즌 호텔로 데려갔다. 그에 의하면 마무리가 남아 있기 때문에 그의 그림들은 아직 걸려 있지 않았다. 식당은 브룩스 브라더스의 감청색 양복, 스테파노 리치의 넥타이, 진주 목걸이와 담비 털 겉옷으로 가득했다. 로스코는 가스파초를 먹고 있었고 그의 긴장된 눈은 주변을 훑고 있었다. 그리고 그는 갑자기 입으로 스푼을 가져가다 허공에 멈추고 멜에게 무슨 냄새가 나지 않는지 물었다. "무슨 냄새요?" 그녀가 물었다. "썩은 돈 냄새 같은 거"라고 로스코가 답했다. 그리고 급히 칵테일을 들이켜고는 테이블을 밀치고 계약을 파기하겠다고 선언했다.

포시즌에 결국 걸리지 못한 벽화들은 갈색 바탕에 수직 건혈의 얼룩이다. 그 사진들이 언론에 실렸을 때 모두가 그런 시설의 벽을 그 벽화들로 장식하지 않은 것이 별로 놀랍지 않다는 데 동의했다. 포시즌에 걸려던 그림들은 그것을 보는 사람들을 어느 곳으로도 인도하지 못하는 막다른 골목과도 같았다. 나는 그 의견에 동의하지 않는다. 로스코는 자신의 그림을 미국 사회의 부정적인 면들을 노출시키는 방식으로 생각하고 있었다. 리소토에 들어 있는 유리 조각처럼 환영받지 못할 작품들을 상상했다. "그러나 그것을 잘 생각해보면"이라고 로스코는 가련한 멜에게 말했는데, 그녀는 남편의 과시하는 연설에 진저리를 냈다. "소용없어. 이 사람들은 당신의 그림을 절대 이해하지 못할 거야." 그날 정오, 포시즌에서 로스코는 자기 주변에서 점심을 먹는 은행가와 기업인들에게 자신의 그림들은 어떠한 색이든 그들의 부인들처럼 장식품에 불과할 것이라는 것을 이해했다.

아델만 박사는 나에게 별 문제가 없다고 확신한다. 일종의 경련으로, 자극에 의한 근섬유의 비자발적 떨림이다. 눈은 더 이상 떨리지 않는다. 나는 살 것이라고 자신에게 말한다! 엘리베이터를 기다리는 동안 나는 로스코의 포스터를 마지막으로 본다. 그것을 유심히 바라본다. 나 자신을 유일하다고 느끼게 해준다. 땀 흘리는 육체의 잔혹한 고독조차 내가 살아 있다는 것을 상기시켜주고, 누군가 오래 지속되지 않을 줄 아는 행복을 늘 움켜쥐려는 듯이 슬픔을 느낀다.

나의 남편은 두 번 아팠다. 병명은 비호지킨 림프종이었다. 첫 번째는 B세포 림프종, 치료는 길지만 상대적으로 쉬웠고, 두 번째는 T세포 림프종, 치료 기간이 두 배고 완전히 참담하다. 사람들은 이렇게 말한다. "네가 그 상황에 놓이면 병과 싸울 수밖에 없어. 너도 똑같이 할 거야." 나는 그러지 못할 거라 생각한다. 그러나 남편은 견뎠다. 라모스 메히야 병원에서 1년 동안. 터널과 같은 밤들, 가슴의 흉막염과 몸을 초토화시키는 화학 요법 치료, 다 열거하지 못하지만 전율을 느끼게 하는 리스트. 병원에 창녀가 하나 있었다. 붉은색 드레스를 입고 검은색 피부에 그물망 스타킹을 신고 있었다. 낮에는 병원 입구 플라스틱 의자에서 소지품이 들어갈 만한 크기인 비닐 봉투를 끌어안고 잠을 자고, 때때로 번개가 몸을 통과하듯이 떤다. 밤에는 그녀가 병동을 걸어다니는 소리가 들리고, 그녀의 맨발바닥이 차가운 바닥 타일에 철떡 닿는 소리가 들린다. 그녀는 환자들을 지나가면서 침대의 금속 난간에 몸을 문지르며 자신이 할 일을 했다.

남편의 산소 튜브 옆에 로스코의 작은 복사본 그림이 벽에 붙어 있었다. 다른 이미지도 있었다. 록 밴드의 사진 한

장, 강에서 옷을 벗은 채 수영을 하는 이사벨 살리의 엽서, 위대한 축구 스타 '황태자' 엔조 프란세스콜리가 자필 서명한 냅킨. 로스코의 것은 내가 가져다주었고 다른 것들은 친구들이 그의 사기를 높여주려고 가져왔다. 남편은 밤에 병원의 고요가 그를 억누를 때 그것들이 신성한 카드 역할을 한다고 했다. "때때로 모르핀 버튼을 누르고 손전등으로 그것들을 비춰. 도움이 좀 되지."

내가 그의 곁에서 늦게까지 머물던 어느 날, 창녀가 걸어가다 남편의 침대맡에서 멈추었다. 남편의 이름을 부르며 인사를 했고 벽의 이미지들을 바라보면서 잠시 머물렀고, 달빛이 창문으로 탐조등처럼 들어왔다. "나한테 그렇게 보이는 건가 아니면 그림을 알아보는 건가?"라고 그녀가 간 뒤 남편에게 물었다. "당신 상상이 아니고 그 그림을 알아. 우리가 이야기를 나누었는데 로스코는 자기가 가장 좋아하는 화가라고 했어." 이틀 밤 뒤 나는 그녀를 다시 만났다. 우리 둘이 엘리베이터를 기다리고 있는데 한 층 더 위에서 멈추었다. 기다리는 동안 그녀에게 미소를 짓고 매우 쿨하게 행동하려고 노력했다. 나는 그녀가 로스코에게 관심을 갖는 이유가 궁금해졌다. 예술과 거리 생활과의 연관성. 그

러나 그녀는 내 시선을 피했고 나를 내 자리로 돌려보내주
었다. 부르주아 예술 소녀, 병원 방문객, 이국적인 것을 좋
아하는 탁상공론식 인류학자. 나는 재빠르게 이해하고 더
이상 귀찮게 하지 않았다. 엘리베이터가 도착하자 우리는
조용히 내려 병동과 대기실을 연결하는 커다란 중앙 홀로
나갔다. 그녀가 앞서가면서 잠시 나를 예배실이나 희생 제
물의 의식이나 성찬식이 거행되는 곳으로 인도하는 것 같
았다. 그런데 그녀는 갑자기 돌아서 혈액 동역학으로 연결
되는 어두컴컴한 복도로 향했다. 그녀의 드레스는 내가 마
지막으로 본 것이고, 바로 그 순간 빨간색이 검은색으로 용
해되었다.

호흡의 예술

아폴로의 승리

조셉 마리아 세르트

우리는 들어가서 마티아스 에라주리주가 그의 내실에 앉아 있는 모습을 본다. 여자 친구 둘을 초대해 술을 마시고 있고 담배 연기가 엷은 안개처럼 세르트의 그림들을 가린다.

호흡의
예술

마리온 삼촌이 몬테카를로 카지노 테라스에 서서 충혈된
눈을 가늘게 뜨고 새벽빛을 바라보고 있을 때 갑자기 총성
이 울렸다. 그러자 그는 정원을 가로질러 가르니에 분수로
갔다. 하얀 리넨 양복을 입은 몸이 잔잔한 수련처럼 떠 있
었다. 바람만이 그를 약간 흔들리게 했다. 마리온은 분수에
서 물이 나오지 않는 것이 이상했다. 항상 작동한다고 생각
했기 때문이다. 모터의 가열을 방지하기 위해 오전 5시에서
9시까지는 분출구가 멈춘다는 것을 나중에 알았다. 체념한
표정의 튀니지 수위가 앰뷸런스를 불렀으나 도착하는 데

시간이 걸렸다. 새벽에 자살하는 도박꾼들의 시신을 걷어 올리는 데 지쳐 있었다.

마리온 삼촌이 어느 날 저녁, 부모님 아파트 식탁에서 이 이야기에 대해 말하는 것을 들었다. 나는 식탁 밑에 숨어 있었고 그의 눈에서 유쾌하고 타락한 불꽃이 튀는 것을 상상할 수 있었다. 나는 그때 삼촌을 마지막으로 보았고 2, 3년 뒤 삼촌이 돌아가셨다는 소식을 들었다. 그는 엄마의 삼촌이고 나의 대부였다. 엄마는 이런 일에 있어서 수색견 같은 후각을 갖고 있었는데, 마리온 삼촌이 큰 유산을 남겨줄 거라고 생각했다. 유산은 기대에 훨씬 못 미쳤으나 나에게는 굉장히 많아 보였다. 세 박스의 책 중에는 오브리 비어즐리의 에로틱한 그림 카드와 19세기 작가들의 연애편지의 문집이 있었는데, 이것들 때문에 나는 몇 날 밤 동안 전율을 느꼈다. 나머지 유산인 큰돈과 토지는 형제들이 나누어 가졌고 농원은 부모님이 눈썹을 치켜세우면서 부르던 한 '조카'이자 마리온의 연인 중 하나에게 돌아갔다. 형제자매들은 더 큰 몫을 기대했기에 누가 나이 든 마리온을 위해 더 많은 일을 했는지 고함을 지르고 서로 나무랐다. 백만 장자의 자부심을 가진 쇠퇴한 가족들 간에 유산으로 인해 대단한 격정이 촉발되었다. 그러나 이 모든 이야기에서 내가 얻은 것은 마리온 삼촌에 대한 이야기로, 그의 기이한 계획과 이상한 갈망이지 그의 땅과 은행 계좌가 아니었다.

테이블 밑에서 나는 발들의 숲을 보았다. 하이힐 한 켤레 다음에 남자의 검은 구두가 있었고, 나는 그들의 언어를 해독하려 하면서 어른들의 이야기를 들었다. 누군가 옆 사람의 발을 밟으면 그것은 무언가를 의미했고 신발을 벗으면 다른 것을 의미했다. 나는 그 소리를 창문에 부딪는 듣기 좋은 빗소리처럼, 내가 가장 좋아하는 자장가처럼, 내가 차츰 사라질지라도 세상은 계속 건재하다고 확신시켜주는 속삭임처럼 들었다. 아직도 창밖에서 이야기 나누는 사람들의 소리에 잠이 더 잘 온다. 식사 후 커피가 식어갈 때쯤, 부모님과 친구들은 작은 소리로 마리온 삼촌에 대해 이야기하곤 했다. 그들의 목소리가 작아지면 작아질수록 나는 더 잘 들었다. 모로코에서 가운을 수입하려 했고 부에노스아이레스 외곽 호수에 새들의 성지를 만들려고 했다. 베니스에서 곤돌라 사공들의 섬세한 동작이 그의 신경에 영향을 끼쳤다고 들었다. 나는 무엇에 대해 이야기하는지 이해하지 못했으나 손님들이 떠나고 엄마가 나를 침대로 보냈을 때 머릿속에서 초록색 빛이 나는 가운을 입고 호수의 갈대밭을 지나가는 중년 남자를 그려본다. 그 가운이 너무 빛이 나서 야생 백조, 왜가리, 홍학과 수달도 그를 바라보려고 멈추곤 했다. 마리온 삼촌을 완전히 이해하는 데에는 수년이 걸렸다.

어느 날 아침, 레콜레타에 있는 마리온 삼촌의 무덤을 방문하고 돌아왔을 때, 그의 누이 페피타가 그에 대한 퍼즐을 맞출 수 있는 이야기를 해주었다. 시력이 안 좋아서 내가 길잡이 역할을 해준 것과 이미 고인이 된 오빠에 대한 이야기가 가족들의 슬픔과 상처를 치유해주었다는 것이다.

"암탉 주변에 동그란 원을 그리면 무슨 일이 일어나는지 아니? 그 선을 발끝으로 바닥에 그린다 해도 암탉은 날개를 퍼덕거리고 꼬꼬 하고 울지만 그 선을 절대 넘지는 않는단다. 마리온은 그렇게 살았고 그의 계층을 묶는, 보이지 않는 선을 자르려고 노력했지. 그래서 부모님을 위해 부에노스아이레스에서 살기도 하고 외국이나 도시를 벗어나 다른 삶을 살았어. 이것에 대해서는 아는 사람이 많지 않았어. 열여덟 살에 마을 청년들의 그룹과 어울렸지. 그는 그들을 정류장 부근의 여관에서 만났는데 그곳에는 인부들과 과일을 수확하는 사람들이 모여들었어. 그들이 어떻게 그를 받아들였는지 모르겠지만, 자기 이야기로 그들의 혼을 빼앗고 그들이 사용하던 값 싼 아쿠아벨바 대신 야들리 오드콜로뉴를 그들에게 선물해주곤 했지. 이야기를 매우 잘했어. 그가 제일 좋아하는 이야기는 배를 타고 아르코나곶의 적도를 횡단할 때인데, 대위가 배를 멈추고 아나 파블로바가 갑판 위에서 흔들리지 않고 〈백조의 호수〉를 추도록 바다에 기름을 부었다고 했어. 그런 삶에 대한 이야기로 그들의 넋을 나가게 해서 그들에게 마리온은 다른 행성의 소식을 갖고 도착한 라디오 같았지."

어느 여름, 가족들이 농장에서 부에노스아이레스로 돌아왔을 때 페피타는 검은 안경 속에 엿보이는 눈물을 훔치면서 나에게 계속 이야기를 했다.

"그는 파리에서 형형색색의 직물을 가져왔어. 푸치 같지만 푸치보다 더 이전 것인데, 그것들을 마을의 재봉사인 힐다에게 가져갔어. 그를 미쳤다고 생각할 수도 있었지만 그는 코끼리들의 질주도 멈출 정도로 너무 매력적이어서 힐다는 그의 말에 따르기로 했지. 그는 일주일 후 여성 수영복 한 더미를 가져왔는데, 어디나 주름 장식이 있고 어깨끈에도 주름 장식이 있었어. 마리온은 그것들을 침대에 펼쳐 놓고 각각 이름을 붙여주었어. 카초, 센테노, 피르카, 루벤 그리고 가장 예쁘고 반짝이는 파란 것은 자신을 위해 보관했어. 그리고 그는 하얀 셔츠 소매를 팔꿈치까지 걷고 머리에 젤을 바른 소년들을 말이 끄는 마차에 태워 마을로 보냈어. 그들에게 샴페인을 마음껏 마시게 했고 성대한 바비큐를 준비해주었지. 그들은 즐거운 시간을 보내고 왕처럼 마셨고, 날이 저물자 마리온이 그들에게 수영복을 나눠 주었어. 그들은 동물원 케이지 문이 열리듯이 의상실 문이 열리면서 한 명씩 나왔어. 15명의 청년들이 여자 수영복을 입고 수영장 주변을 마치 날기라도 하듯 팔을 흔들어 대는 모습을 상상해봐. 대단한 광경이었을 거야. 사람들은 우리 오빠가 특이하다고 했어. 나는 그러기를 바라지. 특이한 것은 완전히 정상적인 것과 거리가 멀지 않아. 특이한 것은 훈련시킬 수 있어. 그러나 마리온은 살기 위해 미적 충격을 필요로 했어. 그는 그것이 필요했지. 그러지 않으면 시들어서 죽었을 거야. 그가 시골집에 갔을 때 그는 이미 이빨 빠진 사자였는데 그전에는…… 때때로 나는 그의 무모한 장난을 소화하기 힘들었지만 그는 나에게 그의 지도자 같은 자크 에스프리의 글을 읽어주곤 했지. 인간에 관한 한, 나의 사랑하는 페피타, 그들의 덕이 악보다 더 사악해."

에라주리주 대저택의 내실은 가족의 장남을 위한 것이었다. 그의 아버지의 서재를 똑같이 복제해놓으려는 의도였다. 루이 16세 스타일의 방으로, 벽에는 숨이 막일 것 같은 적홍색 천을 둘렀다. 그러나 청년 마티아스 에라주리주는 시간이 지나면서 나의 마리온 삼촌으로 변했고, 개인 살롱의 장식을 자신이 직접 담당하겠다고 했다. 그는 카탈로니아 예술가 조셉 마리아 세르트에게 그 일을 맡겼고, 완성되는 데 2년이 걸렸다. 내실은 그 집에서 가장 획기적인 공간이었고 그곳에서의 신체적, 정신적 경험은 나에게 새장에 갇혀 있는 듯한 감정을 자아낸다. 나는 세르트가 자신이 한 일을 알았는지 모르겠다. 그의 전설적인 부인 미샤 고뎁스카가 그 일을 감독했다고 생각한다. 그녀는 화려함에 갇혀 사는 것이 무엇인지 누구보다 잘 알았다.

벽들은 어둡지만 당신은 그것을 금방 감지하지 못한다. 그곳에 들어설 때 눈에 확 띄는 것은 금이다. 금박을 한 이

중문, 금으로 된 그림틀, 무거운 금으로 된 등 역시 천장에서 교차되는, 금으로 된 들보의 금 사슬에 매달려 있다. 벽마다 유화로 그려진 다양한 카니발 장면의 그림이 있고 할리퀸, 부처 형상과 레온 박스트의 디자인같이 매우 특이한 복장 도착자들의 악몽 같은 모습도 있다. 인간 희극의 모든 것이 여기에 있다. 새장 안에서 보는 사회, 즉 거대한 광대 가면극이다. 박물관의 카탈로그는 그림들이 퇴폐적인 윤리를 비판한다고 주장하지만 마티아스 에라주리주가 세르트에게 그 그림들을 의뢰한 것은 열여덟 살 때였다. 기이한 성향을 갖고 태어난 사람은 그 나이에는 누구든지 정확한 도덕 법칙을 강론하기보다는 그것들을 태워 없애버린다.

들어오세요. 우리는 들어가서 마티아스 에라주리주가 그의 내실에 앉아 있는 모습을 본다. 여자 친구 둘을 초대해 술을 마시고 있고 담배 연기가 엷은 안개처럼 세르트의 그림들을 가린다. 밤이 내리면서 웃음소리가 함께 더 커진다. 검은 드레스를 입은 여성이 긴 의자에 노곤하게 눕는다.

"움직이지 마!" 마티아스가 검은 드레스를 입은 여성에게 말한다. "내가 미샤 고뎁스카를 처음 만났을 때 바로 그 자세로 있었어."

"모든 사람들이 말하듯 그렇게 아름다웠어?"

"빛이 어떻게 비추느냐에 따라 아름다울 수도 있고 지극히 평범할 수도 있지만, 그녀에게는 무장을 해제하는 우아함이 있지……. 내가 세르트와 계약한 건 단지 미샤의 무언가를 갖기 위한 거야. 때때로 그녀의 향수가 이 방에 떠다닌다고 생각해."

"그럼 그는 어때?"

"세르트? 말도 마. 카탈로니아 드라마 킹. 르네상스 화가의 야망을 갖고 있고 그런 냄새가 나지. 파리에서는 그를 그의 벽화 때문에 리츠의 티에폴로라고 불렀지……. 그래, 나도 알아, 그의 작품은 바로크에 가깝지만 그의 소규모 위탁 작품들이 더 훌륭해. 그가 베아른 백작 부인의 저택에서 한 것을 보았을 때 충격을 받았지"

"그를 부에노스아이레스로 데려와야 했어."

"그러려고 했지. 하지만 미샤는 배를 무서워해. 그가 유일하게 가는 곳은 이탈리아인데, 예술 때문에 그곳에 가는 고통을 받을 만하다고 하지."

"그녀가 세르트를 만난 곳이 이탈리아 아니었어?"

"맞아. 로마의 그랜드호텔에서. 그녀는 두 번째 남편으로

부터 도망치고 있었는데, 그 사람은 바르바리 해적처럼 질투심 많은 백만장자고, 그녀에게 줄 보석을 사러 나가면서 그녀를 방에 가두었지. 그에게 최고의 습득물은 미샤였고, 그녀의 첫 남편인 《라 뤼브 블랑쉬》의 창시자 나탄손에게서 그녀를 샀지. 말 그대로 그가 그녀를 샀어."

"아이, 마티아스, 항상 과장을 하네."

"맞다니까. 나탄손이 그에게 빚을 너무 많이 져서 미샤를 넘겨주어야만 빚을 청산할 수 있었어. 나탄손은 겁쟁이지만 자기 부인이 가진 안목의 진가를 맨 먼저 알아본 사람이었어. 그 이후 모든 사람이 미샤의 인정을 받고 싶어 했지. 프루스트는 디아길레프 발레단의 대모인 그녀에게 긴 편지를 쓰면서 여백에 삽입구를 곁들였어. 프랑스 화가인 보나르는 그녀에게 패널 몇 개를 선물했는데, 미샤는 식당의 형태에 맞추려고 그것들을 잘랐어. 그래도 그는 그녀를 사랑했어. 그녀가 식탁의 빵 부스러기를 쓸어내는 데 툴루즈 로트레크의 그림이 얼마나 많이 사용된 줄 아나? '제비'에게 바치는 그림들인데, 로트레크는 미샤를 그렇게 불렀어. 사람들이 그녀에게 그것들을 보관하지 않는다고 비난하자 그녀는 이렇게 대답했지. 보관한다고요? 당신은 햇빛을 병에 담으려고 하나요?"

"좋은 작품들이 아니었을 거야."

"좋고 나쁘다고?" 마티아스가 말한다. "그림이 좋고 나쁘고를 평가하는 건 무슨 종류의 측정기지? 심지어 이건 마음에 들고 저건 아니라고 하지. 이제 이 민트 줄렙을 맛보고 예술이 아니라고 말해봐."

새장은 이상하고 사악하기까지 하다. 너를 질식시키지는 않지만 네가 필요한 최소한의 공기만으로 살아가는 데 익숙하게 한다. 그것이 미샤가 살아간 방법이다. 그녀의 폐로 들어오고 나가는 공기를 관리하듯 각각의 언어를 선택했다. "그녀는 항상 부드럽게 호흡했지. 베토벤의 소나타에서 호흡하는 법을 배웠다고 말하곤 했지"라고 마리온 삼촌이 기억했다. 그녀는 살롱 대화에서 그런 종류의 내용을 얘기했으며, 사적인 대화지만 개인적인 것이 결여된 대화였다. 그 대화들은 진정으로 사적인 것으로부터 멀리 떨어진 곳에서 빙빙 맴돌았다. 마리온 삼촌조차도 미샤의 삶이 어떻게 끝날지 몰랐다. 마리온 삼촌도 그 누구도 그녀의 태생을 알지 못했다.

미샤의 엄마 소피아가 임신한 지 8개월이 되었을 때, 상트페테르부르크로부터 그의 남편 키프리안이 유스포바 공주가 낳을 아이의 아버지라는 내용이 담긴 익명의 편지 한 통을 받았다. 유스포바 공주는 이리 두 마리를 가죽끈으로 묶어 러시아 살롱을 다니면서 선동을 일으킨 미녀였다. 소피아는 남편으로부터 직접 듣고 싶었다. 겨울이고 임산부에게는 힘든 여행을 감행해 마침내 네브스키 호텔 방에 도착해서 남편이 오기를 기다리고 또 기다렸다. 그가 도착했을 때 소피아는 침대에 뻗어 있었고 한 아기가 산파의 팔에 안겨 울고 있었다. 이 아기가 미샤였고, 친할머니가 키우도록 브뤼셀로 보냈는데 그녀는 알코올 중독이라 샤르트뢰즈 잔에 모닝빵을 적시곤 했다.

브뤼셀의 친할머니 저택에는 우르술라 숙모도 살았다. 가족의 차량이 고장 나자 우르술라는 쇼핑을 가려고 전차를 탔다. 대중교통을 처음 타본 그녀는 모험으로 인해 긴장했는지 아니면 새로운 것에 충격을 받았는지, 전차의 운전사를 보자마자 첫눈에 반했다. 그때 이후로 그녀의 유일한 희망은 그 사람을 다시 만나는 것이었다. 그녀는 자신들의 사랑이 불가능하다는 것을 깨닫자 자기 방에 틀어박혀 먹지도 않았다. 블라인드를 내리고 벽 옆에서 태아의 자세로 몸을 웅크리고 3주 만에 숨을 거두었다. 수의를 입히려 했으나 다리가 가슴에 딱 달라붙어 있어서 관속에 넣기 위해서는 다리를 부러뜨려야 했다.

엄마와 숙모의 이야기를 통해, 미샤는 사랑은 무언가 어두운 것이어서 거리감을 두는 편이 낫다고 생각했다. 세르트는 가족들의 교훈을 무시하라고 한 유일한 사람이었다. 그들이 롬 호텔에서 만난 지 10분 만에 이 스페인 사람은 주변을 산책하자고 하며 그녀를 데리고 나갔다. 그들은 한 쌍의 백조가 있는 호수로 갔는데 백조의 날개를 고정시켜 놓아서 호텔 손님들이 1년 내내 가까이서 볼 수 있었다. 미샤가 백조들을 어리둥절하게 바라보자 세르트가 협잡꾼의 허스키한 소리로 귓속말을 건넸다. "백조들은 저 감옥에서 행복해, 나의 소녀." 한동안 미샤는 아파트를 옮겨 다니면서 장식을 하느라 행복했다. 그리고 자신의 취향을 세르트에게 강요했다. 그리고 그 아파트들을 별것 아닌 것처럼 버리곤 했다. 전쟁이 발발하자 파티가 거의 사라졌다. 미샤는 그 당시 항우울제로 쓰이던 모르핀에 의존했다. 그때 세르트는 난초 같은 아름다움을 지닌 조지아 공주인 루시 무디

바니와 사랑에 빠졌다. 그녀는 가정교사를 찾아서 그에게로 왔다. 미샤는 버림받고 싶지 않아서 삼자 동거에 동의했다. 세 사람은 베니스 근처 에를랜거 남작 부인의 별장인 라 말콘텐타를 방문했다. 건축가 안드레아 팔라디오의 작품이며 세상에서 가장 우울한 건물 중 하나다. 남작 부인은 자녀들과 연인과 함께 살았는데 별장에는 가구가 없었다. 벽 속에 베로네세의 프레스코화가 숨겨져 있을까 봐 밤낮으로 벽을 긁었다. 세르트는 소파에 앉아 단안경으로 천장의 장식을 감탄하며 바라보았고, 그러는 동안 두 여인은 그의 발치에 기대서 그를 바라보았다.

그때 최악의 상황이 발생했다. 미샤는 심적 고통으로 죽는 대신 루시 무디바니와 세르트보다 더 오래 살았다. 셋이 살다 혼자 남게 되었다. 미샤는 외출을 하지 않았다. 꼭 나가야 할 일이 있으면 밤에 외출했다. 으슥하고 막다른 길에서 사람들의 눈에 띄지 않고 물결무늬 드레스 밑으로 모르핀을 맞을 수 있기 때문이었다. 유명한 사진사가 베니스에서 그녀의 사진을 찍었을 것이다. 헨리 제임스에 의하면이 도시는 폐위된 사람들, 추방된 사람들, 상처 입은 사람들이 피신하는 곳이고, 어디에 손을 대든 금이 묻어나는 곳이다. 1947년 겨울, 산마르코 광장은 얼어 있다. 외투로 몸을 감싸고도 추위에 떨며 하이힐로 가는 다리를 더 두드러지게 하는 미샤를 제외하고는 황량했다. 새장 문은 열렸으나 미샤는 나는 법을 잊어버렸다. 방향감각을 잃었다.

2월이 되면 마리온은 시골의 조카들을 방문했다. "여기가 마리온 삼촌이 기차에서 내리던 곳이야"라고 60년의 세월을 보낸 엄마가 나에게 말하면서 목장을 가리켰다. 거기는 헤리퍼드종 소들이 소와 시인들만이 지을 수 있는 멍한 표정으로 우리가 지나가는 것을 바라보았다.

"그런데 정거장이 없네?" 우리 셋은 말했다.

"정거장은 필요 없었어. 팁을 주면 어디서든 내릴 수 있었지. 혜택을 누리며 살던 시절이었어. 세상이 그들의 것이었지"라고 엄마가 말했다.

새벽에 서른 살가량의 청년이 들판 한가운데에 멈춘 기차에서 내리는 모습을 상상해보라. 경비원이 그를 위해 특별히 놓아준 나무 사다리를 밟고 내려온다. 영국제 직물로 만든 양복을 입고, 모슬린 손수건으로 일찍 일어난 모기들을 쫓는다. 그는 추방당한 왕의 자태를 하고 있다. 사람들은 그의 발치에 그레이하운드 두 마리가 있을 거라고 기대하지만, 스티커가 가득 붙어 있는 가죽 가방이 있다. 매년 조카들에게 같은 선물을 가져오고, 매년 같은 일이 일어난다. 그러나 조카들은 더 좋은 일을 기대한다.

조카 세 명이 그를 향해 달려간다. 그들은 엄마가 이끄는 마차에서 뛰어내렸다. 마리온은 이슬에 젖은 더부룩한 풀밭에 무릎을 꿇고 조카들의 포옹을 받는다.

"모두 다 나를 보러 왔구나! 이쁘기도 하지. 그런데 나만 그렇게 생각하는 거니? 아니면 너희들은 무엇에 관심이 있니?" 소녀들이 새장을 두고 다투는 동안 그가 말한다.

소녀들의 엄마가 동생에게 인사를 한다.

"애야, 네 바지가 마음에 든다. 새거니? 네가 와서 얼마나 기쁜지 모르겠다! 네가 지루할까 봐 걱정이 되지만 말이야. 도시는 어땠어? 너의 무리들이 아직 남아 있니?"

마리온은 누나에게 심술궂게 미소 지으며 양 볼에 입을 맞추었다.

"누나는 시골 사람이 다 된 것 같아. 그래도 그 모습이 멋져 보여." 그들은 이 게임을 알고 있다. 날카로우면서도 부드러운 혀.

그는 누나 옆 좌석에 타고 소녀들은 뒤로 갔다. 찬 공기 때문에 무릎 담요를 덮었다. 집까지는 약 2킬로미터 거리다. 소녀들은 싸우지 않기 위해 새장을 번갈아가면서 드는데, 말의 빠른 걸음에 새장 안의 벌새가 흔들린다. 바퀴가 헐거워져 허공에 황금빛 먼지구름이 인다.

엄마는 마차를 집 앞에 세우고, 소녀들은 서둘러 내려 안으로 뛰어들어갔다. 거실 창문 아래 있는 게임 테이블 위에 새장을 올려놓는다. 테이블 덮개는 주사위 놀이 판인데, 그 밑에 아이들의 사용이 금지된 룰렛 휠 게임이 있다. 자기 방에서 마리온은 침대 위에 가방을 내려놓고 조심스럽게 옥색 실크 파자마, 모로코 슬리퍼와 라벤더 오드콜로뉴를 꺼낸다. 조카들이 복도를 뛰어다니는 소리가 들린다. 조카들이 물과 새 모이를 가지고 가면서 다양한 톤으로 즐거워 소리를 지르는 것이 마치 피아니스트가 건반의 한쪽 끝에서 다른 쪽 끝을 오가며 조율을 하는 것 같다.

점심 식사를 한 뒤 소녀들은 낮잠을 자러 가야 했다. 올해 장녀는 낮잠 자는 걸 면제받아서 벌새를 염탐하는 데 시간을 보낸다. 날개의 무지갯빛 광택은 보는 것만으로도 간지러움을 일으킨다. 가느다란 손가락을 새장의 창살에 미끄러트리지만 새에 닿을 수는 없다. 이쑤시개로 우유에 젖은 빵을 가까이 대주자 새는 신경질적으로 부리를 흔든다. 소녀는 녹색 모직 천에 팔꿈치를 괸 채 꼼짝 않고 새장 안을 유심히 바라보면서 성공과 기적의 가능성, 즉 삼촌을 만날 가능성을 생각한다. 그러고 있을 때, 발자국 소리가 들려 경계심을 품는다. 놀라지도 않고 뒤도 돌아보지 않는다. 그 시간 내내 마리온 삼촌을 기다리고 있었다. 라벤더 향이 가까이 느껴진다. 이 소녀는 세월이 지나 내 엄마가 될 텐데, 매우 낮은 소리로 중얼거린다.

"이 새는 살아남을 거예요. 그렇지 않아요, 마리온 삼촌?"

너의 창문에서 본 언덕

내 아버지의 초상화
앙리 루소

아르헨티나 국립미술박물관에 있는 〈내 아버지의 초상화〉는 유일하게 항공기가 땅의 방향에서 보이지 않는다. 그림의 기다란 형태, 우리 눈높이에 보이는 구름, 그 장면에 감도는 낭만적인 기운. 루소가 열기구를 타고 하늘로 올라가면서 이 그림을 그린 것 같다.

너의
창문에서 본
언덕

어느 날 너는 비행기에 두려움을 갖게 된다. 특별한 이유가 없다. 나이 탓으로 돌린다. 스물다섯 살까지는 비행기를 타는 것이 한 장소에서 다른 곳으로 가는 가장 자연스러운 방법이었다. 그러나 지금은 제네바로 너를 데려다줄 그 비행기에 어떻게 올라탈지 난감하고 두렵다. 한 예술 컨벤션이 큰 자금을 운용하는 재단에서 너를 기다린다. 한 재단이 베니스 비엔날레 큐레이터, 뉴욕 PS1 디렉터, 아트 포럼의 비평가 그리고 네가 기억하지 못하는 다른 사람들을 초대했다. 너를 심사위원단에 포함시킨 것은 실수였다. 너

는 그렇다고 확신했다. 그러나 너의 은행 잔고를 고려할 경
우, 사례비에 대해 듣고 그들에게 실수를 했다고 말하는
것은 현명하지 않았다. 너의 은행 잔고는 항상 그랬다. 게
다가 일이 쉬웠다. 예술가 한 명을 추천하는 것으로, 작품
활동에 후원이 필요한 젊고 재능 있는 중남미 예술가를
뽑는 것이다. 너는 여행을 하지 않기 때문에 아르헨티나에
서 한 명을 뽑기로 했다. 그러나 죄책감에 직접 스카우트하
기 위해 페리를 타고 몬테비데오로 갔다. 그러나 이제 더
이상 행운은 없었다. 모든 후보자들 중 승자를 가리기 위
해 다른 심사위원들을 만나러 스위스로 비행을 해야 하기
때문이다. 누군가는 자신의 이력 전체를 변화시킬 장학금
을 받을 것이다.

예술 교육, 서부 프랑스의 라발시에서 온 청년 앙리 루소
는 그런 교육은 생각지도 못했다. 상관없다. 그림은 가르치
는 것이 아니라고 쿠르베는 말한다. 다만 앙리는 아직 쿠르
베가 누구인지 아직 모른다. 강철판이 성체의 빵처럼 얇아
질 때까지 망치질을 하는 것 말고는 그는 많은 것을 모른
다. 그의 아버지는 시의 양철공이었고, 앙리는 아버지의 뒤

를 이으려고 했다. 그의 아버지는 몽상가의 기질을 갖고 있었다. 그는 아버지의 침울한 기운을 물려받았고 이에 대해 심각하게 고민했다. 아버지가 갑자기 세상을 떠나자 그는 이제 직업의 기초적인 것만 배울 수 있었다. 앙리는 지역 법률 사무소에서 견습생으로 일했다. 어느 날 밤 사무실에서 고무도장이 몇 개 사라지자 신참인 앙리는 주요 용의자가 되었다. 그는 징벌을 피하기 위해 군에 입대했다. 전쟁이 발발해 군에서 신병을 모집하고 있었다.

파리가 비스마르크 군에 의해 포위되었다. 루소는 수도로 거처를 옮긴 어머니에게 편지를 썼으나 그것을 전할 방도가 없었다. 먹을 게 없어서 사람들이 동물원의 동물까지 먹는다고 한 동료 군인이 말한다. 한 식당의 메뉴에는 코끼리 수프, 캥거루 스튜, 구운 낙타, 영양 테린과 오븐에 구운 호랑이 고기가 있다. 독일군이 편지와 일기, 전선과 잡지를 가로챘기 때문에 오로지 소문과 전해 들은 말로 정보를 얻었다. 그러던 어느 날 오후, 해가 나고 외로운 구름 한 점이 프러시아 라인을 넘어가고 있다. 상등병 루소는 그것을 잘 보려고 눈을 가린다. 그런데 지금 보는 구름은 평소보다 빨리 움직이고 부활절 달걀같이 우스운 모양을 하고 있다. 구

름이 아니다. 그가 지금 보고 있는 것은 열기구다. 그것은
한 번도 본 적이 없었다. 몇 분 뒤 넋을 잃은 루소는 바구
니를 연결한 가이드 로프가 성당 종탑에 걸려 열기구 풍선
이 수축되는 것을 본다. 마치 로데오에서 올가미 밧줄에 걸
린 송아지 같았다. 공기가 빠지는 동안 그는 비단천에 쓰여
있는 이름을 가까스로 읽는다. 빅토르 위고. 그 이후 몇 달
동안 70개 이상의 열기구 풍선이 우편과 케이지를 싣고 몽
마르트르를 출발할 것이다. 마이크로필름으로 된 군인들의
편지는 비둘기 메신저들의 발에 묶인 채 수도로 돌아간다.
프러시아 사람들은 하늘 위에서 움직이는 모든 것을 잡도
록 훈련한 매를 풀어서 편지들을 낚아채려 한다.

  네 남편이 에세이사 국제공항까지 바래다준다. 공항 바에
서 네가 종이 냅킨을 만지작거리는 동안 남편은 부부가 노
력해야 한다고 말한다. 두 사람의 관계가 소원해졌다. 결혼
한 지 10년이 지났지만 그는 여전히 네가 아는 최고의 사
람이다. 하지만 너는 아직 성숙하지 못해 열정이 없으면 일
이 잘 진행되지 않는다고 생각한다. 사랑의 문제에 있어서
도 너는 너 자신만 생각한다. 검은 글씨로 Dolce Vita, tu

vita(감미로운 인생, 너의 인생)라고 쓰여 있는 냅킨을 접어서 작은 새를 만들었다. 좋은 징조는 아니라고 생각한다. 너는 남편에게 새를 선물한다. 그는 너에게 놀라울 정도로 작고 하얀 리보트릴 알약을 건넨다. "이렇게 작은데 효과가 있을까?"라고 그에게 묻자 대답이 없다. 너는 그것을 반으로 잘라 하나를 물과 함께 삼킨다. 10분 뒤 나머지 반쪽을 삼킨다. 너는 진정제를 먹어본 적이 없어서 빙빙 돌 거라고 생각했다. 그러나 한 시간이 지났는데도 여전히 무거운 것이 가슴을 누르는 듯하고, 손에 땀이 나고 심장이 고동치는 것을 느꼈다. 얼마 전부터 느껴오던 증상이다. 한번은 너의 오빠에게 공항 전화 부스에서 전화를 했다. 파일럿이니 너를 진정시켜줄 말을 해주리라 기대했으나 너에게 이렇게 말했다. "네가 가만히 멈춰서 생각해보면, 비행기를 타고 나는 것은 미친 짓이지."

젊은 사람들에게는 신나는 일일 것이다. 그러나 성인들에게 난다는 것은? 네가 갑자기 마음이 바뀌어 내리고 싶다면? 바로 그곳이 카보베르데 섬이라면? 어떻게 될까? 왜 나를 그렇게 바라보나요? 기내식으로 치킨이나 파스타를 고르고, 작은 와인 병을 가져다줄 때 자연스럽게 받는 여러

분이 더 별난 사람들이다. 그리고 마치 고급 레스토랑에서 식사를 하는 것처럼 서로 마주 보면서 건배를 한다. 여러분, 여러분은 지금 허공에 있어요. 만일 우리가 날도록 만들어졌다면 우리 등에 날개가 달리도록 만들어졌어야 해요. 견갑골 위인데, 거기에는 날개 두 개를 꽂을 자리가 충분해요.

마흔다섯 나이에 형언할 수 없는 슬픔에 잠긴 루소는 다시 그림을 그리기 시작한다. 그의 여섯 자녀 중 다섯이 결핵으로 세상을 떠났고, 그림은 그에게 잃어버린 천국을 회복하는 방법이었다. 처음에는 일요일 화가가 되는 것에 만족했으나, 곧 루브르에서 그림을 그릴 수 있도록 허락을 얻는다. 아카데미의 많은 학생들이 자신들이 보는 것을 그대로 카피한다. 루소도 카피를 하지만 그대로 하지는 않는다. 일주일 중 그림을 그리지 않는 날은 파리의 통행료 징수소에서 징수원으로 일한다. 사람들은 그를 세관원이라고 부르기 시작한다. 그의 머릿속에서 나오는 이미지들은 여섯 살 소년의 것처럼 신선하다. 일요일이 계속해서 지나가도 그 신선함은 약해지지 않는다. 알프레드 자리가 그의 작품을 보고 그를 "놀라운 루소"라고 부른다. 그것이 우리가 알고 있는 루소이며, 야생 동물과 스핑크스처럼 신비스런 여성들이 사는 형광빛 밀림을 그린 순수한 능력의 소유자다. 그러나 또 다른 루소가 있다. 자신이 살고 있는 도시의 풍경에 애착을 갖고, 날아가는 기구에 매료된 사람이다. 그의 많은 소품에는 열기구와 체펠린 비행선, 비행기들이 등장한다. 아르헨티나 국립미술박물관에 있는 〈내 아버지의 초상화〉는 유일하게 항공기가 땅의 방향에서 보이지 않는다. 그림의 기다란 형태, 우리 눈높이에 보이는 구름, 그 장면에 감도는 낭만적인 기운. 루소가 열기구를 타고 하늘로 올라가면서 이 그림을 그린 것 같다.

종이봉투 안에서 바라본 구름은 너무 아름다워서 사람들의 숨을 턱 막히게 한다. 하지만 한편으로는 완전히 쓸모가 없다. 뱅자맹 콩스탕이 1804년 2월 11일 그의 일기에 기록한 것처럼 "예술을 위한 예술"의 가장 완벽한 예이기 때문이다. 열기구는 시각시(visual poem)로 그 삶을 시작했다. 그러나 시인의 손을 통해서가 아니다. 양과 암탉이 몽골피에 형제의 풍선 모양 기구의 첫 번째 승객이었다. 인간은 그다음이다. 그들은 아드레날린과 샴페인에 취해서 올라갔다. 이 병들은 모든 비행에 중요한 연료였고, 고도로 올라가야 할 때 가장 나중에 버려야 할 것이다. 19세기 말경, 비행사는 창공의 한량이었고 열기구로 여행하는 것은 산 위에 있는 호텔처럼 건강에 좋은 것으로 간주되었다. 거의 그랬다. 그러나 전신줄(목이 잘려서 사망)과 바람의 정신없는 변덕(통제할 수 없는 망아지)을 주의하고, 너무 높이 올라가지 않아야 하며(산소가 부족하지 않기 위해서) 너무 늦지 않게 돌아와야 한다(만일 밤에 들판 한가운데에 있으면 폐소공포증에 시달릴 수 있다. "마치 거대한 검은 대리석 덩어리를 통과하는 것 같다"고 한 승무원이 말했다). 내려가는 것은 상대적으로 간단하지만 때때로 기구가 멈추기 전에 두꺼비처럼 바닥에서 튕길 때도 있다. 대부분의 승객들이 그 충격으로 멍이 들거나 골절을 당해도 다시 나는 것을 멈출 수 없었다. 정신적인 이익이 엄청 컸기 때문에 아무도 그 여행의 위험에 대해 논하지 않았다. 하늘 위에서 땅의 문제들을 내려다봄으로써 땅의 진정한 의미를 되찾게 되었다.

네가 공중에 있으면 너의 고통을 잊어버렸다. 루소는 위로 올라갈 기회를 얻지 못해서 상상하는 것으로 만족했다.

어린이들이 솜사탕을 먹은 후의 현상과 같이 구름들이 그의 머리에 상상력을 불어넣었다. 프랑스구름학회는 파리 물리학 연구소의 테라스에서 모이던 비밀 그룹인데, 루소는 이들과 교류가 있었고 이렇게 주장했다. "구름은 불공평하게 오명을 쓰고 있다. 우리는 파란 하늘을 찬양하는 것을 반대한다." 루소는 계속해서 위로 올라가는 꿈을 꾸었고, 갑자기 거기에 자기 아버지가 있었다. 그의 자녀들도 그 위에 있을까? 권운이 더 많이 나타날까? 아니면 적란운일까? 때때로 더 실존적인 질문을 생각하곤 했다. 구름 위에는 시간을 잃어버린 신이 있을까? 아니면 그가 찾는 답을 줄 누군가가 있을까?

세속적인 것에 대한 그의 무관심은 성공이나 실패에 대해서도 동일하게 관심을 갖지 못하게 했다. 루소는 나이브한 예술가가 아니다. 또한 거리감을 두기에 좋은 냉담한 면이 있다. 자신의 내적 하늘이 아방가르드 살롱에 감돌던 고상한 기운보다 더 순수하다는 것을 알아차렸다.

어떤 사람들은 세속적인 것에 무관심한 그의 행동을 싫어했다. 피카소가 그를 위해 준비한 유명한 연회에서 모두 일어나 뛰어난 세관원에게 박수갈채를 보냈고, 연회가 끝나고 그를 자동차까지 바래다줄 때 그들의 눈에서 눈물이 흘러내렸다. 이후 피카소는 비겁한 사람들처럼 잔인하게 그 모든 것이 농담이라고 했다. 바로 그 피카소가 루소의 작품을 사막 속 코카콜라처럼 비축했다. 20년 후 〈게르니카〉를 준비하면서 루소의 〈전쟁〉을 연구하기 위해 작업실에 틀어박혔는데, 피카소는 그것을 공개적으로 절대 인정하지 않았다. 아방가르드는 루소가 아방가르드에서 취한 것보다 더 많은 것을 루소에게서 취했다. 사람들은 루소가 그 시대 주요 인물들의 우발적인 틱이나 경향을 채택했을 것이라고 생각하겠지만 그러지 않았다.

루소가 그린 밀림은 다른 행성에서 온 것처럼 보인다. 그러나 그 다른 행성 역시 우리 행성이라는 것을 우리가 깨달을 때까지만 그렇게 보인다. 갑자기 유럽의 《마가징 피토레스크》나 《주르날 데 보야주》 같은 잡지에서 우리가 생각지 못한 장소의 사진들을 실었다. 이국적인 것에 매료되는 현상은 곧 사파리, 고갱의 타히티로의 도주, 파리의 부족 가면 시장에서 나타났고, 이것은 제국 문화의 일부였다. 현대 예술은 식민주의의 정점에서 탄생했고, 아프리카의 이미지들은 중산층을 흥분시켰다. 1889년 만국박람회에서 세네갈 부족 그룹이 에스플라나드 데 쟁발리드(Esplanade des Invalides)에서 움막을 설치했다. 방문한 관중들은 술렁거렸다. 다윈의 친척 관계일 가능성에 대한 발표에 놀란 프랑스의 젊은 여성들이 강렬한 느낌을 받았다고 보도했다. 그러한 소란한 분위기에서 루소의 이미지들이 나왔다. 그가 밀림에 가장 가까이 간 것은 식물원의 야자나무, 무화과나무와 양치식물 사이에 있을 때였다. 그리고 하늘과 가장 가까이 있을 때는 쥘 베른의 『기구를 타고 5주간』을 읽었을 때였다.

너는 결국 비행기를 타지 않았고 제네바에도 가지 않았다. 너의 남편은 가기 전에 말도 때려눕힐 분량의 한 움큼을 더 주었다. 너는 남편에게 감시당하는 것 같아서 가라고 했다. 너는 가방을 움켜잡고 체크인하는 시늉을 한다. 에스컬레이터를 타고 함께 올라가는 승객들에게 내내 미소를 짓는다. 쇼 비즈니스에서 하는 격언을 기억했기 때문이다. "네가 올라갈 때 사람들에게 잘 대해줘라. 내려갈 때도 그들을 만날 수 있기 때문이다." 너의 핸드백을 금속 탐지기에 통과시켰을 때 다른 선택권이 있다고 생각했다. 기요틴

사형수의 길을 피하는 것이다. 너는 네가 온 곳을 향해 돌아갔고 에스컬레이터를 타고 내려갔다. 작별하는 가족들 틈을 지나며 모두에게 미소를 짓는다. 이 미소는 진실된 것이다. 밖으로 나가 택시를 탔다. 남편보다 더 일찍 집에 도착했다.

그것은 규율을 잘 지키는 너의 인생에서 가장 변덕스러운 행동이었다. 제네바재단 회의 룸의 번쩍거리는 마호가니 탁자에 앉아 있는 6명의 큐레이터들을 바람맞힌 것이다. 너는 〈마이 웨이〉를 부르는 시드 비셔스가 된 것 같았다. 그럼에도 가장 좋은 것은 네가 뽑은 후보자가 이겼다는 것이다. 너의 이론을 지지하는 것이다. 작품만 좋다면 그것을 파는 걸 도와줄 사람이나 물건은 필요 없다.

여행을 하지 않아서 네가 잃는 것 중 하나는 뉴욕현대미술관(MoMA)에 있는 루소의 위대한 그림 중 하나인 〈꿈〉을 볼 수 없다는 것이다. 사람들은 이 그림이 네 발밑의 땅을 진동시킬 만큼 놀라운 그림이라고 한다. 또한 너는 몬테르키에 있는 피에로 델라 프란체스카의 〈출산 중의 성모 (Madonna del parto)〉를 볼 수 없다. 이 그림은 독일의 여자 가정교사까지도 감동시킬 수 있다. 그리고 너는 슬라브족의 환생을 기다려야만 상트페테르부르크 허미티지에 있는 프라고나르의 〈도둑맞은 키스〉도 볼 수 있다. 또한 너는 세계에서 가장 아름다운 눈인 일본의 하나미와 벚꽃이 만개하는 순간을 보는 것을 포기해야 한다.

너는 자신에게 상상력이 아직 네 편이라고 말하곤 했고, 아직도 네 수중에 즐길 수 있는 아름다운 것이 많다고 생각했다. 너는 버스에서 내려 현대미술관으로 들어간다. 그리고 너의 관심을 끄는 그림으로 곧장 간다. 쉽고 경제적이기도 하다. 이 작품들 중 일부는 너의 책꽂이에 있는 책이나 정원의 식물처럼 익숙하다. 루소 아버지의 초상화 그림을 지날 때는 가까운 친척인 것처럼 인사를 하고 가끔 안부를 묻는다. 너의 가족이 뭐라고 하든 중요하지 않다. 그들의 말을 이용해 도리어 공격하기 위해서 너는 가족의 말을 듣는다. 가족은 부에노스아이레스에는 이류 작품이, 위대한 예술가들의 수준 낮은 작품들만 있다고 한다. 그래서 좋은 작품들을 보려면 여행을 해야 한다고 한다. 어느 날 밤 너의 엄마는 뉴욕 클럽 21에서 우주 비행사 버즈 올드린이 한 말을 계속해서 되풀이한다. "나는 것이 세계를 보는 유일한 방법이다."

만일 열기구로 간다면 상황은 달라질 것이다. 열기구는 비행기의 이면이다. 한 가문의 일원이라고 치면 열기구는 가정의 아름다운 루저다. 반면 비행기는 성공한 아들이다. 하나가 낭만적인 여행을 약속한다면 다른 하나는 글로벌한 이동을 보장한다. 그러나 이제는 어릴 적에 많이 보던 반딧불이를 거의 볼 수 없듯이 하늘에는 열기구가 없다.

누가 알겠는가. 아마도 갈수록 검소하게 살려는, 점진적이고 놀라운 경향 때문에 너의 인생에는 커다란 비행기나 걸작이 필요하지 않다고 스스로를 설득했을 수도 있다. 세잔이 말했다. "웅대한 것은 지루해진다. 그와 같은 산도 있다. 네가 그 앞에 서면 '오, 하느님(Nom de dieu)!'이라고 소리치고 싶지만, 매일 작은 언덕을 오르는 것으로도 충분하다." 너의 도시는 회색 평원이지만 종종 구름이 움직이고 어디선가 무언가가 부상한다. 오늘처럼 청명한 날에는 너의 창문에서 그것을 볼 수 있다. 그 뒤로 비구름이 있는 작은 언덕이 있다.

'래퍼'가 된다는 것

앉아 있는 소녀

아우구스토 시아보니

내가 바퀴를 발명했다고 생각하는 것처럼 내 인생의 가장 위대한 순간은 시아보니의 〈앉아 있는 소녀(Girl Seated)〉와 함께 있을 때 일어났다. 불꽃놀이와 같은 야심찬 예술가들의 모든 소동을 배제하고, 무언가를 가장 단순하게 표현하는 그런 종류의 그림이다.

'래퍼'가
된다는 것

친구 파비올로와는 매주 전화 통화를 하지만 1년에 한 번 정도 만난다. 그것도 서로가 살아 있다는 것을 확인하기 위해서다. 우리의 대화는 대화라기보다는 독백이라고 할 수 있다. 나도 그러는지 잘 모르겠는데, 파비올로는 종종 무슨 말을 하자마자 내 목소리와 나쁜 버릇을 흉내 내면서 자기가 대답을 한다.

"혼자 얘기할 거면 왜 나한테 전화했어?"라고 내가 말한다. 사실 늘 내가 먼저 전화를 건다. 파비올로는 항상 나에게 메시지를 남기게 하고, 나는 자동 응답기에 호기심을 유발하는 메시지를 남기려고 신경을 쓴다. 나는 거짓말을 하는 것에 윤리적인 문제는 없어서 무엇이든 꾸며낼 수 있다. 내 한계는 텔레비전의 뒷담화 프로그램 정도이고 어린 아이들은 끌어들이지 않는다. 파비올로가 드디어 수화기를 들면 나는 부드럽게 시작한다. 대답은 이미 알고 있지만 점심으로 뭘 먹었느냐고 물어본다. 그는 밤이나 낮이나 끈적끈적한 밥과 삶은 감자의 신비한 조화를 매일 먹는다. 그의 몸은 진정한 영양학적 수수께끼다. 복통 때문에 의사에게 진찰받았는지 물어보지만 대답은 항상 "아니"라고 한다. 그는 의사를 증오하고 그에게 불멸을 약속해줄 누군가를 찾아다닌다. 그런 다음 대화가 제 페이스를 찾고 각자 최근 일에 대해 언쟁을 한다. 가장 마지막 언쟁은 '서머싯 몸'을 정확하게 발음하는 방법에 대한 것이었고, 그런 다음 우리가 최근에 읽은 책으로 넘어간다. "무슨 책을 읽었는지 말해주면 네 상태가 어떤지 말해줄게"라고 파비올로가 말한다. 나는 "고골"이라고 대답한다. 보이다시피 우리는 친구지만 완벽하지는 않다. 우리가 어떤 주제로 대화를 시작하든 잠시 후에는 늘 되풀이되는 관심사로 옮겨간다. 유년기와 노년기. 우리가 끝없이 파고들 주제들이다.

파비올로가 말한다. "모든 것의 시작과 끝이 가장 중요해. 중간에는 아무 일도 일어나지 않아. 중간은 양 끝에서 일어나는 일의 찌꺼기에 불과해. 거기에는 신비가 없어."

나는 그가 자기 담론을 시작하려는 것을 감지한다. 그래서 나는 "그것에 대해 말하자면"이라고 서둘러 말한다.

"시아보니의 신비에 대해 너에게 이야기했지?"

"천 번, 하지만 계속해. 나도 내 얘기를 반복할게."

무언가에 거부당하면 그 반작용으로 다른 것에 이끌린다. 모든 것이 그러지 않나? 나는 거대한 그림들을 피해서 걷고 있었다. 메시아적 자만심을 갖고 있는 20세기의 그림에 싫증을 느끼기 때문이다. 네가 그것들을 지나가는 순간 "내가 예술 작품이야!"라며 마치 대단한 것처럼 외칠 때, 한 그림이 나의 관심을 끌었다. 다가가자 이름이 보였다. 아우구스토 시아보니. 별다른 감흥이 없는 성이다. '시아보니 에르마노스(Hnos)'라는 이름을 가진 자동차 정비소나 이삿짐센터가 생각났다. 그 그림의 주인공이 나와 닮았다는 문제가 있었다. 너무 닮아서 소름이 끼쳤고, 지금 생각해보면 그 그림이 나를 사로잡은 가장 명백한 이유였다.

헛기침 소리에 나는 주변을 둘러보았다. 내 옆에 브라운 덱 슈즈를 신고 베이지색 바지와 초록빛 랄프 로렌 스웨터를 입은 마흔 살가량의 남성이 있었다. 건축가라는 확신이 들었고, 그와 그림에 대해 논하고 싶은 마음이 생겼다. 그에게 공모자의 시선을 보내면서 내 눈은 그를 그림으로 이끌었다. 너무 노골적이지는 않으려고 했다. 내가 다른 것을 제안하고 있다고 생각할까 봐 염려되어서다. 오후 두 시의 박물관은 호젓한 장소이기 때문이다.

나는 물었다. "당신도 내가 보는 것을 보시죠?"

"네, 그래요." 그는 런던에서 가져온 차 외에 다른 것은 마시지 않았다는 것이 명백한 톤으로 말했다. "큐레이터의 실수죠. 정말 충격적이에요. 장엄한 작품 옆에 하찮은 작품을 배치하다니." 그는 우측의 페토루티의 작품을 가리키면서 말했다.

나는 왜 입을 다물고 있지 못할까. 신이여, 내가 당신을 거부하지만, 당신에게 그림에 대해 물어봅니다. 저것들은 어디서 왔나요. 박물관에서 내가 유일하게 좋아하는 동행은 초등학교 학생들이다. 달곰쌉쌀한 기호일 수 있는데, 그들은 곧 반원형을 만들 것이기 때문이다. 선생님이 설명을 시작하려고 하자, 아이들의 얼굴은 해쓱하고 병약해 보인다. 선생님은 그들을 벨라스케스 앞에 앉힌다. "멈춰요!" 나는 소리를 지르고 싶었다. 관리를 잘못하면 예술의 역사는 독성 물질인 스트리크닌처럼 치명적이 될 수 있다.

내가 환영을 보고 있는지 확인해보고 싶었다. 그러기 위해서는 설계자가 필요했다. 그림 속 인물과 내가 닮았다는 것을 설명해줄 증인이 필요했다. 그림의 소녀가 나와 똑같다는 확신이 들었다. 미간이 벌어져 있고 쏘아보는 듯한 눈초리, 기분 나쁜 얼굴, 으스대는 눈길. 내가 열한 살 때 그랬다. 그러나 지갑에 어릴 때 사진이 없어서, 건축가로 보이는 그는 비교할 대상이 없었다. 게다가 나는 그에게 이 상황을 설명할 능력이 없었다. 이미 나는 그 그림에 몰두해서 그곳에 나와 소녀만 존재한다고 느꼈고, 내 주변의 모든 형상은 마치 두꺼운 검은 페인트로 덧칠을 해놓은 것 같았다. 그녀와 나, 나와 그녀였다. 나 자신을 바라보려는 감정이 강했고 나는 부인하지 않았다. 애정을 필요로 하는 나 자신을 보게 해주었다. 그 감정이 강해서 나는 그림 속의 소녀를 향해 달려가 안아주고 싶었다. 나는 내 행동이 냉철하게 비판받을 거라고는 생각하지 않는다. 그리고 좋은 작품들은 모두 작은 거울이 아닌가? 위대한 그림은 '무슨 일이 일어나고 있지?'에서 '나에게 무슨 일이 일어나고 있지?'로 질문을 재구성하게 하는 것이 아닌가? 모든 이론이 어떤 의미에서는 자서전이 아닌가?

나는 시아보니 그림을 생각할 때마다 소름이 끼친다. 나는 지성의 양상으로 초자연적 현상을 믿는데, 이는 내가 환영을 본다는 것이 아니라 가능성을 믿는다는 뜻이다. 하루는 시아보니의 그림을 보기 위해 파비올로를 끌고 갔다. 그를 집에서 끌어내려면 간계가 필요한데, 그의 마음을 아프게 하는 교활한 방법을 써야 한다. 그를 그의 집에서 간신히 끄집어내고는 그에게 내 어릴 적 사진을 보여주었다. 파비올로의 눈은 내 사진과 시아보니의 그림을 번갈아 바라보고 고개를 끄덕였다. "많이 닮았어. 그래, 그래. 소름이 끼쳐." 그러나 그의 속마음이 어떤지는 알 수 없다. 그는 우주의 신비에 대해 너무 개방적이어서 우발적인 것들에 관심을 갖는다. 그는 우리 둘이 닮아서 감동을 받았거나 아니면 자신의 동굴로 돌아가고 싶어서 내가 원하는 대답을 해줬는지도 모른다.

그때 이후로 우리는 그 비밀을 풀려고 시도할 때마다 그림 속 소녀가 나의 머나먼 친척일 거라고 결론 내리고, 모든 것을 유전적인 문제로 돌린다. 우리는 그것이 영혼이 환생한 경우가 아닌지 의심해본다. 그러다 둘 다 신경이 과민해져 웃음을 터뜨리다가, 파비올로가 주제를 바꾸자고 한다. 그는 환영을 정말로 무서워하기 때문이다.

내가 시아보니를 발견한 사람이기를 바랐으나 이미 다른 사람들이 발견했다. 그는 19세기 말 로사리오에서 태어났고, 1914년 이탈리아로 여행 갔을 때 재능이 부족한 아르헨티나 화가들이 가야 하는 길을 따르고 있었다. 그는 로사리오에서의 유일한 친구인 마누엘 무스토와 여행을 했다. 마누엘 무스토는 열두 살에 폐렴으로 쌍둥이 형제를 잃은 화가다. 두 사람 다 부유한 가정 출신으로 피렌체에 거대한 창문이 있는 호화로운 방을 빌렸다. 그 창문으로 바다를 볼 수는 없었지만, 시아보니가 바깥쪽을 강렬하게 응시하기에 바다를 보았다고 생각할 수 있다.

그들은 유명하지만 평범한 재능을 지닌 화가인 지오반니 코스테티의 작업실로 들어갔다. 시아보니는 코스테티가 제공할 수 없는 것을 찾았던 것이 확실하다. 하지만 그것이 정확히 무엇인지 몰랐고, 그것에 대해 어느 누구와도 이야기 나누지 않았다. 그 이유는 사람들의 속내와 갈망을 해치지 않는 유일한 방법은 그것들에 대해 이야기하지 않는 것임을 알았기 때문이다. 그가 유일하게 믿고 마음을 터놓을 수 있는 사람들은 폰테 베키오 양 옆에 있는 바에서 일하는 웨이트리스들이었다. 그에 의하면 그들 모두가 클래식 그림 속 인물들과 닮았다. 안드레아 델 사르토의 마돈나를 닮은 우울한 표정의 한 웨이트리스에게 갔다. 비를 피하던 어두운 골목 처마 밑에서 두 사람이 관계를 가진 뒤, 우수에 젖은 시아보니가 자신의 환영에 대해 용기 내어 말을 꺼냈다. 그녀는 그를 나나의 살롱에 보낸 장본인이다.

두 친구가 살롱에 도착했을 때 그곳에는 다른 사람들도 있었다. 고객들은 대다수가 가족을 잃은 사람들이었다. 나나는 목 부분이 타조 깃털로 된 네글리제를 입고 등장했다. 멀리서 보면 피부가 눈부시고 화려하게 하얗지만, 가까이서 보니 두꺼운 화장 덕분이었다. 그녀는 말을 하지 않고 영혼이 씌일 때만 말을 하는데, 어미 잃은 송아지 같은 손님들을 자신의 가슴에 바짝 당겨 환영의 포옹을 해주었다. 시아보니와 무스토는 그녀의 흉골에 있는 전설적인 상처의 흔적을 훔쳐보려 했으나 허사였다. 나나의 시종들은 잘 봉해지지 않은 이 상처를 통해 죽은 자들의 영혼이 이 세상으로 통과한다고 말했다.

5년 전 새해 어느 날, 한 여성이 가슴에 도끼가 박힌 채 오스페달레 델리 인노첸티 문까지 몸을 끌고 갔다. 간호사들은 천국의 문 근처, 관광객을 대상으로 하는 시설에서 일하는 여종업원이라고 했다. 이름이 나나였다. 놀랍게도 도끼는 신체 주요 기관에 해를 입히지는 않았다. 서둘러 수술용 와이어로 가슴을 꿰매야 했는데 마취가 덜 되어 환자가 혀로 말을 하기 시작했다. 처음에는 몬테벨로 전투에서 사망한 세르데냐 피에몬테 기병대 병사의 걸걸한 어조로 말을 했는데, 외눈박이 말을 내주면서 자신들을 전선으로 보낸 모렐리 디 포폴로 장군을 저주했다. 그리고 아르테미시아 젠틸레스키가 등장해서 〈홀로페우스의 머리를 베는 유디트〉의 화가로 인정해달라고 요구하자, 환영의 소동에 지치고 놀란 외과의들은 용량을 아끼지 않고 진정제를 주입해 가라앉혔다. 나나는 모든 것의 좋은 점을 보려는 낙관적인 사람이어서 자신을 공격한 사람이나 병원을 고발하지 않았다. 유일한 불만은 모르핀을 경험해보지 못했다는 것이다. 그녀의 몸은 진통제에 과민 반응을 일으켰기 때문이다.

이것이 하찮은 여성이 피렌체에서 가장 유명한 중심이 된 사유다. 그녀의 고객들은 모두 신비롭게 벌어진 그녀의 상처를 보고 싶어 했다. 그러나 나나는 그런 신비로움이 이 직업에서 가장 중요한 협조자라는 것을 깨닫고, 그 상처를 깃털 목이 달린 네글리제로 항상 가리고 있었다. 가장 강렬한 상태일 때 그녀의 몸이 뛰고 떨리기 시작한다. 옷깃이 벌어지고 가슴 사이로 수직의 검은색 상처가 드러난다. 길이는 15센티미터이고 폭은 2인치인 흉터종이다.

피렌체의 웨이터와 웨이트리스들에게 그녀는 세인트 나나였다. 그녀의 희망과 승진의 이야기가 도시의 커피숍과 바에 퍼져 있었다. 영혼들과의 거래로 현실의 어려움에서 벗어날 길을 발견했다. 때로는 자신으로부터 분리되는 그녀의 진정한 능력을 의심한 몇몇 사람들은 자신들의 생각을 수정했다. 그녀의 환영으로 피해를 입은 사람은 없었다. 사실 그녀는 모범적인 시민이었고, 이 세상의 짐을 줄여주고 싶어 했다.

방문한 그날 오후, 시아보니와 무스토는 다른 사람들과

함께 둥근 탁자에 둘러앉았다. 진홍색 가리개를 씌운 램프에서 흘러나오는 빛으로 방은 붉고 어두침침했다. 벽난로 선반 위에 놓인 박제된 부엉이가 새로 온 사람들을 바라보고 있었다. 무거운 벨벳 커튼은 닫혀 있었다. 나나와 초대 손님들은 영혼이 도착하기를 기다리면서 서로 손을 잡았다. 전기가 손에서 손으로 전해졌다.

"거기 누구 있어요? 오늘 집에 누가 있나요?" 나나의 조수가 신비로운 목소리로 물었다.

탁자를 두드리는 소리가 들렸다. 처음에는 무질서했으나, 참석자들은 돌아가면서 죽은 사람이 그들이 접촉하고자 하는 사람인지를 영혼에게 물었다. 한 번 두드리면 "네", 두 번은 "아니요"와 같은 패턴이 생겼다. 나나가 갑자기 어린아이의 목소리로 말을 했다.

"내일 열두 살 생일이 되지만, 엄마는 내 기침 때문에 걱정을 해."

무스토는 마지못해 시아보니를 따라왔는데, 열두 살 생일에 폐렴으로 죽은 쌍둥이 형제를 알아챘다. 나나는 그에게 연필과 종이를 집어 자기가 하는 말을 받아 적으라고 했다.

"네 인생에서 오이디푸스가 되고 스핑크스가 너의 무덤

이 될 거다."

　무스토는 납득하지 못하고 화가 나서 그 모임을 나와버
렸다. 그의 동생은 실증주의적인 사람이었기 때문에 그렇
게 난해하게 말하지 않았다. 그러나 시아보니는 남았고, 이
후 혼자서 계속 방문했다. 무스토에게 너무 심각하게 받아
들이지 말라고 했다. 공허한 말이 가득한 세상에 무엇이
더 공허한 말이겠는가. 분명한 것은 나나와의 모임이 그에
게 도움이 되었고, 낙담이 될 때면 그곳 붉은 방에 앉아서
인생이 흘러가기를 바랐다. 어느 날 오후, 시아보니는 모임
에서 참석자들을 곁눈질로 보았다. 그는 그들의 옆구리에
서 외형질의 형상이 나오는 것을 볼 수 있다고 말했다. 형
상 중 하나는 그 사람들의 사랑스러운 어린 시절이고, 다
른 형상은 그들이 변모하게 될 어두운 괴물이었다. 나나는
그에게 "당신은 재능이 있어요"라고 말했다.

　시아보니는 어릴 때부터 수용적인 태도를 지닌 영혼의
소유자다. 밤에 침대에 누워 거의 의식을 잃을 정도로 숨
을 참으면서 최면 상태에 도달하는 것을 배웠다. 이 세상을
떠나는 것을 즐기기 시작했다. 그 위험은 의식의 확장으로
인한 이익에 비하면 아무것도 아니었다. 그의 부모님이 영

원하지 않다고 느낀 것은 여덟 살 때였다. 어느 날 아침 그가 집 안의 방들을 여기저기 떠다니다 부엌으로 가자 한 남자가 식탁에서 신문을 읽고 있었다. 그의 아버지였고 그때서야 그가 대머리가 되어가고 있다는 것을 알아차렸다. "이제 됐어, 애야. 그런 허튼소리 좀 그만해!" 그의 엄마는 그의 의식이 돌아오도록 그의 팔을 흔들며 울부짖었다. 의사 역시 자신의 청진기가 책가방에서 튀어나오는 두 마리의 검은 뱀처럼 보였던 경험이 있어서 그의 부모에게 아이들이 겪는 지극히 자연적인 현상이라고 했다. 약간 외로워서 그런 현상이 일어나니, 오히려 부모들이 주장하듯 감금하는 것은 치료에 도움이 되지 않는다고 했다.

어두운 방에 너를 몇 시간 동안 가두는 것의 좋은 점은 내면 고찰을 더 조장한다는 것이다. 자신의 환영을 발견하고 심지어 그것들과 잘 지내기까지 한다.

"우리는 죽은 자들의 목소리다. 바다 돌풍 같은 그 목소리." 나는 파비올로의 자동 응답기에 유령 같은 목소리로 말한다.

"나를 속이지 마, 마리아치. 그건 파베세의 거야." 그가 마침내 수화기를 들고 말했다. 그는 모든 것을 알고 있다.

이삼일 전 파비올로가 나에게 토스카나에 내가 사려고 하는 집이 유령의 집인지 아닌지를 조사해주는 회사가 있다고 말했다. 웹사이트에는 10세기 메디치가 저택에 이런 자막이 있다. "가장 최근 기술을 이용해 우리의 초심리학자 팀이 실시한 조사에 의하면, 이전 거주자들의 환영은 부엌의 가스 유출로 인한 것임이 입증되었다." 이 회사가 미국의 백만장자들을 속이려 한다는 생각이 들었다. 그러나 이따금 나는 어린 시아보니도 어느 정도 가스 중독을 겪었을 거라는 의심이 든다. 그 당시 겨울에는 로사리오의 집들이 일산화탄소 함량이 높은 것으로 유명한 거리의 가로등 가스로 난방을 했는데, 이것은 정신 상태가 불안하거나 환각을 일으키는 강력한 계기가 된다.

코스테티와 함께한 3년간의 라이프 드로잉과 나나의 강도가 높은 강신론은 시아보니에게 많은 영향을 주었다. 하루는 모임 중간에 에게해 해안에 표류한 한 선장의 환영이 이렇게 썼다. "배로 돌아오라, 시아보니(Torna alla nave, Schiavoni)!" 시아보니는 그 의미를 이해했다. 한 달 뒤 자기 나라로 돌아가 로사리오 도시 외곽 엘 살라디요의 검은색

쇠 울타리로 둘러싸인 허름한 대저택에 정착했다. 보호는
필요하지 않았다. 엘 살라디요의 거리는 겨울에는 꽁꽁 얼
고 여름에는 먼지와 모기의 통로로 변했다. 마을의 유일한
식료품점에서 파는 비트는 돌에 빨간색을 칠해놓은 것처럼
딱딱했다. 그 지역 청년들은 열여섯 살이 되기 전에 도시로
떠나기 때문에 대부분의 집들은 바깥에 임대라는 표시판
이 붙어 있다. 시아보니는 남아 있는 주민들과 마주치지 않
으려고 창문의 커튼을 닫아놓았다. 그리고 콩꼬투리처럼
자신을 가두고 메스머와 파리아 신부의 최면술에 대한 책
에 몰두했다. 그가 거울 앞에서 자신에게 최면을 걸었을
때, 두 블록 거리에 사는 무스토가 와서 그가 얼어서 굳어
있는 것을 발견했다. 그의 호흡이 너무 약해서 은수저를 입
과 코에 대보아도 김이 서리지 않았다. 시아보니의 의식이
돌아왔을 때, 그는 생에 그렇게 기분이 좋은 적은 없었다고
했다. 아무것도 느끼지 않았다. 얼마나 다행인지, 아무것도
느끼지 못하다니!

그리고 그가 그린 초상화가 있다. 나라고 생각하는 소녀
가 있는 바로 그 그림이다. 그녀는 의자에 앉아 시선을 고

정한다. 일요일에 꺼내 쓰기 가장 좋은 모자를 쓰고, 빛바랜 연보라색 드레스를 입고, 두 사이즈 큰 외투를 입고 있다. 세속적인 주제에서 부족한 것을 행동으로 보완한다. 즉 그녀의 시선은 방사능비로 변할 수 있고, 그녀의 입술은 너무 신비하게 다물고 있어 입술을 열면 접착테이프가 떨어지는 소리가 들릴 것 같다. 그러나 내면은 약해서 자신의 기질을 잃지 않기 위해 초인적인 노력을 해야 한다. 한번은 호수를 산책할 때, 엄마가 예절의 규칙을 가르쳐주었다. "다른 사람들 앞에서는 절제한다는 것을 보여주어야 해. 저 오리들이 물에서 어떻게 움직이는지 봐. 침착하고 우아하지만 물 밑에서는 벌을 받는 사람처럼 발장구를 치지." 밤이 되면 나는 '사람들이 선천적으로 악하게 태어나는 건지?' 아니면 '악한 사람이 되는 건지?'를 심각하게 고민한다. 때때로 나는 화가 난다. 화가 나는 것을 설명하려 할 때에는 마치 독사가 다리를 타고 올라오는 것같이 불편하다고 말한다. 그런 감정을 처음 느낀 것은 광장이었다. 어릴 적 여자 친구와 잔디밭에 앉아서 놀고 있을 때, 갑자기 나는 주먹만 한 돌을 집어 친구에게 말했다. "잡아봐." 그러고는 돌을 얼굴에 던졌다. 턱에 작지만 깊은 상처를 남겼다.

친구의 하얀 운동화에 흘러내리는 핏방울을 얼어붙은 채 바라보았다. 마치 겨울 놀이를 할 때 눈덩이에 자갈을 넣어 다른 아이들이 그와 놀기를 원하지 않게 된 이야기 속 소년 같았다. 나는 아직도 무엇이 그런 행동을 하게 했는지 알지 못하지만, 내가 어떤 면에서 결점이 있다는 것을 알게 되었다. 모계 쪽에서 온 악성 유전자다. "어떤 소녀들은 선천적으로 착하게 태어난다. 나는 아니다"라고 위대한 로널드 퍼뱅크(Ronald Firbank)가 썼다.

내가 바퀴를 발명했다고 생각하는 것처럼 내 인생의 가장 위대한 순간은 시아보니의 〈앉아 있는 소녀(Girl Seated)〉와 함께 있을 때 일어났다. 불꽃놀이와 같은 야심찬 예술가들의 모든 소동을 배제하고, 무언가를 가장 단순하게 표현하는 그런 종류의 그림이다. 비평가들은 시아보니를 괴짜, 평범한 재능의 예술가, 한낱 본능적인 예술가에 불과하다고 낙인찍었다. 그렇게 순진하게 평가할 문제가 아니었다. 1935년경 그의 그림은 몇 달 만에 혹평에서 호평으로 바뀌었다. 로사리오의 한 일간지는 "그 도시가 아르헨티나의 역사상 가장 위대한 예술가 중 하나인 시아보니를 알아보지 못한다"고 비난했다. 그 당시 그는 이미 그림을 그만두고 정신병원에서 지내고 있었다. 20년 뒤 바트예 플라나스(Batlle Planas)는 이렇게 썼다. "천치, 사기꾼, 유충들이 그의 재능을 알아보지 못했다. 시아보니는 달콤한 저주를 받았다." 아르헨티나 회화의 슬픈 이야기다.

내가 그림을 만난 이야기는 반대로 훨씬 행복했다. 행복은 그것을 경험하는 사람에게만 흥미로운 것이다. 아무도 다른 사람들의 행복에 관심을 갖지 않는다. 내 인생의 이 시점에서 내 과거의 그 소녀를 우연히 만난 것은 내가 기대하던 것이 아니다. 사람들은 그 시절로 돌아가야만 무슨 일이 있었는지 알 수 있다. 나의 새 여자 친구인 그림 속 아이가 나에게 즐거움을 주지만, 그녀를 너무 자주 방문하지 않으려고 노력한다.

파비올로가 나에게 말한다. "잘하고 있어. 사람들은 무언가에 익숙해지면 결국 무감각해지지."

나는 인생의 중간 지점에 있지만 아직 촉각을 완전히 잃지는 않았다. 국립미술박물관의 시아보니 그림에서 시보리 갤러리에 있는 미겔 카를로스 빅토리카의 그림으로 옮겨갈 수 있다. 다시 말해 내 유아기에서 노년기로 순간 이동할 수 있다는 뜻이다. 빅토리카의 그림 제목은 〈세실리아 이모 (Aunt Cecilia)〉다. 70세 정도의 여성이 복사기 색상 같은 회색 드레스를 입고, 엉겅퀴가 가득 묻은 것 같은 여우 털로 된 숄을 어깨에 두르고 있다. 그녀는 프랑스 리비에라의 작은 마을 망통에서 살아가는 캐서린 맨스필드 이야기에 등장하는 중년의 영어 선생인 미스 브릴을 상기시킨다. 미스 브릴은 매일 자르뎅 퓌블리크로 산책을 나가는데, 그날 아침은 평소보다 쌀쌀해 상자에 보관하던 여우 숄을 두르기로 한다. 공원 벤치에 앉아 팔짱을 끼고, 지나가는 커플들을 바라본다. "그들은 특이하고 말이 없다. 대개 나이가 지긋하고 그 주위를 바라보는 방식으로 보아, 그늘진 더러운 방 아니면 더 형편없는…… 장롱에서 나온 것 같다." 미스 브릴처럼, 세실리아 이모의 그림은 나에게 물 밑에서 숨을 쉬는 것처럼 불쾌한 감정을 불러일으킨다.

아르헨티나의 아트 갤러리에 들어가서 주변을 둘러보세요. 너무 가까이 다가가지 말고 처음에는 너무 또렷이 보지 마세요. 당신이 자동차를 운전하다가 기니피그 위를 지나갈 때처럼 덜컥하는 움직임을 느끼면 멈추세요. 당신은 빅토리카의 그림 앞에 서 있을 가능성이 크다. 그 움직임은 그림의 주제가 아니라 그림이 그려진 방식 때문이다. 빅토리카의 그림에서는 모든 것이 간단하지 않다. 기이하게 구성된 장면들, 불가해한 컷오프 포인트, 오일을 적용하는 투박한 방식, 으깨어 두껍게 칠한 재료, 캔버스의 제한된 공간에 포함된 많은 양의 정보, 화가가 우리에게 장면의 의미에 곧장 빠져들게 하는 방식. 이것들은 역사적 순간과는 관계가 없고 매너리즘도 아니다. 단순하게 화가가 자신이 되고 싶은 것을 표현하는 방식을 발견한 것이다.

'세실리아 이모'는 홀로그램 같은 지옥의 변방에 산다. 지루할 정도로 전통적인 방식과 아름다운 형태의 예쁜 그림이 아니다. 엄청나게 매력적인 추함이다. 세실리아 이모는 많은 일을 겪었다. 어떤 일은 특별했지만 그러한 사건들이 그녀의 성격을 바꾸지는 않았다. 세찬 바람이 불어와 죽은 잎들을 벗겨버리고 나무 본연의 형태를 보여주듯, 현재의 인격을 갖게 했다. 그녀가 과거의 삶을 바라볼 때, 향수가 아니라 강한 음모를 느끼며 냉정하게 바라보아야 할 풍경이다. 내 딸이 부모님 집에서 보행기를 끌고 다닐 때 딸의 얼굴에서 그 시선을 보았다. 딸은 책꽂이와 벽에 동물 그림이 가득한 아파트의 복도를 지나간다. 한 방에서 할아버지가 나온다. 그는 문간에서 멈춘다. 회색 반바지를 입고 있어 그의 가느다란 다리가 드러난다. 그의 피부는 속이 빈 가죽부대처럼 주름지고 시퍼런 멍처럼 어두운 얼룩이 있다. 딸은 움찔한다. 나의 아버지를 피하는 것이 잔인하지만 의도적이지는 않다. 어린 소년들이 고양이의 수염을 자르거나 두꺼비에게 불을 붙이는 것 같은 쓸데없는 잔인함이 아니다. 나는 딸의 눈에서 그것을 보았다. 딸은 이해하려고 노력했다. 그것이 무언지 아직 모르지만 딸은 노년의 모습에 놀란 것이다.

이삼 주 전에 부에노스아이레스에 있는 친한 친구의 어머니를 모셔 가기 위해 노인 전문 병원을 찾아 나섰다. 집이라기보다는 지옥처럼 뼈를 담은 자루들의 보관소 같은 여러 곳을 방문한 뒤 한 곳에 도착했다. 벽에는 마음을 차분하게 하는 청자의 초록색이 칠해져 있었다. 말하자면 편안한 곳이었다. 가장 마음에 드는 것은 모든 예상을 뒤엎고 활력이 가득하다는 것이었다. 비록 요가는 노인 거주자들을 의자에서 일어나게 하는 것이 전부지만 시간표, 선생님, 동료와 작업장이 있었다. 학창 시절로 돌아간 듯 끔찍하게 들릴 수 있다. 어쩌면 그보다 더 나쁠 수도 있다. 대부분의 노인들은 둘씩 짝지어 걸었고, 점심을 같이할 친한 친구가 있고 함께 싸울 나쁜 친구도 있었다. 일상이 없으면 목자 없는 양처럼 방황할 것이다.

밖으로 나오자 안도감을 느꼈다. 적합한 곳을 찾아서 안도할 수 있었으나 땅에 발을 디디자 다리가 약간 떨렸다. 그 장소의 강렬함, 나이 지긋한 사람들의 삶과 이야기 때문이라고 생각했다. 누구나 우발적인 신경성 질환을 겪을 수 있다. 그날 밤 잠자리에 들어 파비올로에게 전화를 걸어 "내가 늙으면 어떤 사람이 될 것 같아?"라고 물었다. 그에게 몇 가지 가능성을 제시했다. 몽상의 세계에서 살아가는 사람들이 있다. 같은 건물에 사는 이웃 여자인데 빗자루를 푸들인 양 산책을 시키러 들고 나간다. 어떤 사람들은 별로 활동을 하지 않아서 어느 날 누군가 들여다보면 소파에 자국만 남아 있다. 증오심에 가득 차 있어 고양이조차 가까이 가지 않는 경우도 있고, 유전적으로 복을 받아서 90세까지 건강해 지팡이나 소금통 같은 간단한 단어를 잊어버리면 화를 낸다.

아버지가 자신의 방에서 나를 부르셨다. 딸은 안으로 들어가려고 하지 않아, 나는 딸을 복도에 놔둔 채 혼자 들어갔다. 어떠신지 물었다. "네가 보는 것과 같아. 제3의 인생이 아니라 절반의 인생이지. 귀가 반쯤 안 들리고 눈이 반쯤 안 보이고 반쯤 죽어 있지!"라고 말했다. 아버지의 손을 잡았다. 예전에는 손끝이 체스터필드 소파처럼 단단하고 통통했으나 내가 마지막으로 잡았을 때보다 더 헐렁해졌다.

어느 누구도 늙는 것을 원하지 않지만, 나는 흥미를 느낀다. 전에는 전혀 관심이 없었다. 열다섯 살에는 젊어서 죽을 거라고 선언했는데, 낭만적이고 문학적인 생각 같았고 늙는 것은 점강법이었다. 인생은 단편을 쓰기 위한 좋은 구실일 뿐이라고 말하던 냉소적인 소녀였다. 그때 이후로 내 관점이 바뀌었다. 이제는 내가 어떤 사람이었는지 되돌아보고, 앞으로 어떤 사람이 될지 보고 싶다. 내 유일한 희망은 대약진을 할 순간이 왔을 때, 내가 그것을 성취할 자세가 되어 있는 것이다.

파비올로는 매일 의자에서 움직이지 않고 산책을 나간다. 그는 그 이름이 무엇인지 모르는 컴퓨터 프로그램을 이용한다. 예를 들어 '베스피자노'라고 자판에 치면 단숨에 조토가 태어난 마을에 있는 자신을 발견한다. 짙은 색 올리브 나무와 가상의 삼나무 사이를 주로 주민들이 잠자는 새벽에 거닌다. "되도록 베스피자노 주민들을 피하려고 노력하지. 그들은 잠에서 깨면 그닥 활기차지가 않아"라고 나에게 말한다. 그런 다음 산으로 올라가 목동들의 가파른 길을 따라 천천히 걷는다. 파비올로는 치마부에를 보여주기 위해 조토가 열 살 때 사용한, 윤이 나는 돌을 찾고 있다. 치마부에는 피렌체에 가는 길에 이곳을 들렀고, 조토는 양을 어떻게 그리는지를 보여주었다. 양이 모든 현대 예술의 시발점일 것이다.

"이 걷기는 대단한 운동이야. 나는 나날이 좋아지지"라고 파비올로가 말한다. 내가 그를 직접 만나지 못하니 나는 그의 말을 믿는다. 사라졌다고 생각한 근육이 이삼 개월 만에 다시 튼튼해졌다. 핏기 없는 새하얀 볼이 진줏빛 하얀색으로 바뀌었다고 한다. 말로는 표현하기는 쉬운 변화이지만 그렇게 되기란 쉽지가 않다. 나도 관심이 생겨서 둘이 같이 걷자고 제안한다. 각자 같은 시간에 자기 컴퓨터에서 출발하자고 했다. 그러나 내가 매우 산만하고 부주의해서 그를 따라갈 수 없다고 한다. 컴퓨터 프로그램은 완벽하지 않다. 만일 두 블록을 지나면 무엇이 있고 어디에 커브가 있는지 미리 보려고 하면, 그림이 흔들리고 경치가 꾸물꾸물한 물결로 부서진다. 목적지에 도착해야만 정상이 된다. 파비올로는 급작스런 변화를 싫어한다. "너는 내가 얼마나 놀라는지 모를 거야. 끔찍해. 내 몸이 젤리가 되는 것 같아"라고 말한다. 내 친구 파비올로는 겁쟁이다. 때때로 내가 용감하다고 느끼게 해주려고, 그가 자신의 인물을 꾸며댄다고 생각한다. "그건 그렇고, 왜 내가 너에게 이걸 다 얘기하는지 모르겠네. 내가 'arrecha'하고, 이야기하고 있다는 것을 잊었네"라고 말한다. "arrecha? arrecha가 뭐지?" 그에게 묻는다. "콜롬비아에서 겁이 없는 여자들을 그렇게 부르지"라고 말하지만, 사전에서 그 단어를 찾아보니 '성적으로 흥분한 여성, 관능적인 여성'이라는 뜻이 있다.

어쩔 수 없다. 누군가 내내 자기 얘기만 하면, 말을 너무 많이 한 나머지 결국 자신을 증오하게 된다. 계속되는 정신적인 재주넘기에 스스로가 싫증이 난다면, 유령이 되는 것이 최악의 운명은 아닐 거라고 생각한다. 나는 문제가 많은 영혼이라 환영의 위계에 있어서 맨 밑에 있을 것이다. 나는 유령들 사이에 낀 멍청한 금발 머리 여자다. 나의 주요한 임무 중 하나는 오래된 아파트에 사는 세입자들을 놀라게 하는 것이다. Rappers, 이러한 영혼을 일컫는 옛날 영어 단어다. 만일 겁 줄 사람들이 없다면, 파비올로가 리스트의 첫 대상이 될 것이다. 고요한 밤에 그의 방 커튼을 흔들고, 화장실 거울에 치약으로 물음표를 그리고, 한밤중에 부엌의 수도꼭지를 틀어놓을 것이다. 매독에 걸린 여성들 중 하나가 그에게 전화로 추궁하면, 그 대화에 내가 끼어들어 아람어로 저주를 중얼거릴 것이다. 묵직한 두뇌에서 내 영혼이 육체에서 분리되는 것을 느낄 때 불안한 영혼이 되는 것, 그리고 24시간 내 마음에서 분출되는 마그마, 나의 감옥인 격노에서 벗어나는 것, 단순한 에너지의 상태로 돌아가는 것, 과학적으로 설명할 수 없는 것의 변덕스러운 불꽃, 이 모든 것이 끔찍하다. 결국, 잠시라도 생각하는 것을 멈추는 것은 영광일 것이다.

희생양

톨레토의 풍경

엘 그레코

샌프란시스코에 있는 그 작은 박물관의 중앙 벽면에 〈톨레도의 풍경〉이
걸려 있다. 매우 표현주의적인 작품이라 20세기에 그려진 것이라고도
할 수 있다.

희생양

과묵한 신이여, 우리에게 말하시오!

– 쥘 르나르

"우리가 인생에서 누릴 자격이 있는 것은 얻게 된다"고
말한 사람이 안소니 파월이라고 생각한다. 도메니코스 테
오토코폴로스, 우리가 엘 그레코라고 부르는 사람은 1541년
크레타에서 출생했다. 이 작은 섬은 예술가가 되려는 사람
이 태어나기에는 이상적인 장소가 아니다. 베니스 가톨릭
신자들과 그리스 정교회 사람들이 공존하는 그 섬에서 그

는 비잔틴 아이콘의 화가로 훈련을 받았다. 이것은 신적인 것을 실제로 보여주기보다는 기원하는 것에 관심이 더 많은, 가늘고 긴 이차원의 예술이다. 베니스로 갔고 거기서 틴토레토의 요소들로 자신의 스타일을 풍요롭게 했다. 틴토레토는 베니스 회화의 불멸의 5인 중 가장 영화적인 화가다. 그리고 로마로 내려갔다. 거기서는 미켈란젤로가 주도권을 갖고 있었고, 미켈란젤로와 엘 그레코는 그들의 남은 인생에서 최고의 라이벌이었다. 엘 그레코는 인정하고 싶지 않겠지만, 상당한 부분을 이탈리아 화가에게서 취했다. 그는 필요한 모든 요령을 흡수한 뒤 마드리드로 갔다. 궁정에 들어가기 위해 비즈니스 카드의 방편으로 펠리페 2세의 초상화를 그렸다. 왕은 레판토 해전의 행복감과 그가 사랑하던 화가 티치아노의 죽음으로 인해 우울함이 교차된 상태에서 그림을 흘끗 보고는 해부학적 정확성이 부족하다며 거절했다. 그 당시 엘 그레코는 모든 관찰이 내부에서 일어나는 것을 알고 있었을까? 마드리드에서 교양 있고 귀족적이고 종교심 깊은 톨레도로 갔을 때, 단지 일만 찾았는가? 아니면 신성한 영감을 찾았나? 이주를 한 것은 행운이었다. 블루스 가수 로버트 존슨이 교차로에 내려가서 놀라운 새 힘을 얻어 돌아오는 것과 같다. 왜냐하면 톨레도에서 엘 그레코는 경건한 이미지의 투사와 같은 길을 발견했기 때문이다. 처음에는 상당히 인습적인 그림을, 그다음에는 충격적이고 독특한 그림을 그렸다. 어느 겨울밤, 싸늘한 바람이 그의 그림들을 통해 불기 시작했다. 그 안의 공간이 작아지고, 그 형상들이 이 새로운 상황에 적응하려는 듯 비어지거나 늘어졌다. 그 당시 이 새로운 그림을 본 사람들은 현기증을 느끼며 집으로 돌아갔다. 화가가 그들에게 와인을 곁들인 양고기를 준 뒤, 그들에게 준 것이 담배가 아니라 대마초가 아닌지 의심했다. 엘 그레코는 단지 그의 타고난 성향에 이끌렸다. 그는 그의 과장된 어조와 자연 세계에 대한 기호를 이탈리아에서 배운 교훈과 조화를 이루게 했다. 매너리즘이 전성기일 때 그곳을 떠나 그의 남은 인생도 그것이 계속 지배적인 양식이라고 생각하면서 지냈다. 마치 제2차 세계대전 중 한 섬으로 쓸려간 생존자가 전쟁이 끝나고 10년이 지난 뒤에도 계속해서 총성을 듣는 것과 같다.

내가 앉아 있는 곳, 그 바로 밑에 있는 비행기 착륙 장치

소리가 나를 구름에서 끌어내릴 때, '사람들이 자신의 운명을 바꿀 수 있을까?'라고 스스로에게 물었다. 오빠를 만나러 샌프란시스코로 가고 있었다. 오빠를 못 본 지 10년이 되었다. 1980년대 그 도시에는 갱생 센터와 마약 퇴치 프로그램이 많아 그는 부에노스아이레스에서 그곳으로 이주했다. 우리는 집안에서 두 마리의 검은 양들이었지만, 한 번도 서로 가까이 지낸 적이 없었다. 나에게 그는 괴짜고 자신의 능력을 절대 사용하지 못하는 사람이다. 나는 그에게 냉담했고, 열세 살의 나이 차이는 우리가 가까워지는 데 전혀 도움이 되지 않았다. 우리가 만나기로 한 것은 그의 아이디어였다. 내가 일 때문에 시카고에 간다고 하자 그가 자기에게 인사를 하러 들르라고 했다. 그 당시 나는 여전히 비행기를 타는 데 두려움이 있었지만 약간의 도움을 받아 극복하고 있었다. 그날 아침, 샌프란시스코에 착륙하는 순간 얼굴을 젖은 수건으로 가리고 문지르면서 진정제가 일으키는 마비 증상을 일깨우려 했다. 나는 무신론자이지만 남매간의 마찰이 드러나지 않기를 기도했다. 미리 준비하고 왔기 때문에 두려워할 것은 하나도 없었다. 비행기에 있는 잡지 기사가 나를 설득시켰다. 한 헝가리의 물리학자에 의하면, 신경세포들은 오랫동안 재생이 불가능하다고 간주되었지만 실제로는 재생이 될 수 있다는 것이다. 새로운 신경세포는 신경교세포에서 생성되는데 이 세포들은 표현형, 다시 말해 사람의 성격 같은 것을 바꿀 수 있다. "사람의 마음은 장점에서든 결점에서든 불변하는 것이 아니다"라고 저자가 말했다. 그렇기 때문에 오빠나 나는 우리가 전에 알고 있던 그 사람들이 아니다. 우리의 새로운 인격으로 인해 잘 지낼 가능성이 있다.

달빛처럼 하얀 머리카락의 중년 남성이 도착 라운지에서 내 이름이 적힌 종이를 들고 있었다. "네가 나를 못 알아볼까 봐"라고 푸른 눈을 크게 뜨면서 그는 말했다. 20분 후 자동차 안에서 그가 한 말이 나를 화나게 했다. 너무 사소한 것이어서 지금은 기억나지 않지만, 그때까지 이어온 즐거운 대화를 단번에 단절할 정도로 불쾌했다. 그의 집에 도착했을 때 그 지역을 좀 둘러보려고 한 바퀴 돌아보자고 제안했다. 먹구름이 내 머릿속에 자리 잡고 사라질 기미가 없었다. 이 여행이 오래된 상처를 치유하는 기회가 될 것이라는 생각을 언제 했는지 스스로에게 물었다. 말이 없는 오빠도 같은 생각을 했을 것이다. 우리는 걸어가면서 서로 가까워지다가 한 박물관의 계단에 도착했을 때 다시 멀어졌다. 외관은 기억이 나지 않는다. 문 옆에 엘 그레코의 전시가 있다는 것을 알리는 깃발이 있었다. 나는 안으로 들어가자고 제안했다. 오빠는 "안 돼"라고 말했다. "신에게서 멀면 멀수록 더 낫지. 그게 나의 모토야." 그의 시선은 아득해졌고 나는 그가 어린 소년일 때 가톨릭 학교에 다닌 것을 기억했다.

나 혼자 들어갔고 안도감을 느꼈다. 그러나 안으로 발을 들여놓자마자 엘 그레코의 그림을 감상하는 것은 나 자신과 싸우는 것임을 기억했다. 엘 그레코는 우리가 청소년기에 좋아하는 예술가 타입이고, 그 시기는 아직 그림이 낯설고 자신만의 상상의 세계에 빠질 수 있을 때다. 그리고 시간이 흘러 우리가 더 많은 것을 알게 되면서, 이러한 이유로 냉소적이 되고 줄다리기가 시작된다. 엘 그레코의 확고한 도그마와 관능성은 우리를 화나게 한다. 하나의 이미지에 그 둘이 공존한다는 것을 받아들이기 어려운데, 육체와 영혼처럼 서로 배타적인 요소들이기 때문이다. 샌프란시스코에 있는 그 작은 박물관의 중앙 벽면에 〈톨레도의 풍경〉이 걸려 있다. 매우 표현주의적인 작품이라 20세기에 그려진 것이라고도 할 수 있다. 그 바로 옆에 〈올리브 숲의 그리스도〉의 복제본이 있는데, 똑같지는 않지만 부에노스아이레스 국립미술박물관에 있는 것과 동일하다. 위쪽에는 예수가 천사 앞에 있고, 아래쪽에는 제자들이 흩어져 방랑자들처럼 깊이 잠들어 있다. 나는 이런 그림에 약점을 느낀다. 주제 때문은 아니다. 사실 그 장면이 의미하고자 하는 것도 잘 모르지만, 모든 것이 공중에 떠 있는 형식 때문에 그렇다. 중력이 반대로 작용한다. 무언가가 형체들을 위로 던지고, 구름 방향으로 빨아들이는 것 같아 마치 내 청소년기 라바 램프의 기포가 올라가는 것 같다. 이런 그림을 정확하게 보려면, 형태는 잊어버리고 오일이 흩뿌리는 붓 터치의 기괴한 관능성을 물구나무서기를 해서 감상해야 한다고 생각한다. 올더스 헉슬리가 엘 그레코는 본능적인 화가라서 90세까지 살았더라면 추상 예술을 하게 되었을 거라고 말했을 때, 나도 똑같은 생각을 했다. 그림의 하늘을 바라보며 나는 그런 생각에 빠져 있었다. 그 전조가 있는 하늘은 그 아래에서 끔찍하고 장엄한 어떤 일이 일어날 것 같다. 가족이 집을 떠난다거나 십자가가 벌떡 일어설 것 같다.

　내가 샌프란시스코로 떠나기 두 달 전, 집에서 아침 식사를 하는데 전화벨이 울렸다. 거리에 아직 어둠이 걷히지 않은 매우 이른 시간이었다. 전화벨 소리가 마치 학교에 다닐 때 화재 예방 모의 훈련의 알림 소리와 같아 나는 깜짝 놀랐다. 전화를 받자 한 남성이 자기소개를 하면서 예술가라고 했다. 그의 목소리와 이름이 막연하게 낯이 익었다. 성이 두 개였다. 나는 아직 잠이 덜 깨서 이해를 하지 못했고 치찰음처럼 들렸다. 자기 작품의 회고전을 준비하고 있다면서 카탈로그에 내가 글을 써주기를 원했다. "모두 써주는데 당신만 빠졌어." 나는 내 일에 규칙이 있다. 의뢰를 받지 않는 것이다. 쥘 르나르가 이미 말했다. "누군가를 위해서 글을 쓰는 것은 누군가에게 쓰는 것과 같다. 즉각적으로 너는 거짓말을 하게 된다." 그러나 그는 고집을 부리며 한번 만나자고 했다. 그의 제안을 거절해야 한다는 것을 알았지만, 그의 목소리에 무언가 거절할 수 없는 것이 있었다. 이삼일 뒤, 폐허가 된 주거지 중심지에 있는 그의 집이자 작업장인 아파트로 산티아고를 만나러 갔다. 베이지색 작업복을 입은 구부정한 남성이 문을 열어주었고, 그는 아랫입술이 확연히 돌출된 부정 교합이어서 고집이 센 듯한 인상을 풍긴다. 다닐로 키스(Danilo Kis)라면 "마치 그의 얼굴의 아랫부분이 윗부분과 문명의 세기에 의해 분리되어 있었다"고 말했을 것이다. 우리는 깨진 벽돌과 먼지가 자욱한 잎이 달린 바나나 나무가 늘어선 긴 통로로 들어간다. 안뜰로 들어가자 반투명 방수 천장이 진줏빛을 감돌게 한다. 간소한 부엌에는 다른 예술가들의 그림이 있었다. 다른 방들 역시 간소하고 벽에는 종교적인 작은 그림들로 덮여 있는데, 밀림 안에 있는 성경의 인물들이다. 나는 그림들을 주의해서 보면서 산티아고도 바라보았다. 나는 종교적인 화가를 만난 적이 없다. 적어도 살아 있는 화가는 말이다.

우리는 부엌 테이블에 앉았다. 그는 작은 유리 접시에 말라 있는 비스킷을 준비하고, 짝이 맞지 않고 이가 빠진 잔 두 개를 준비했다. "티백을 함께 나눠 마셔도 괜찮겠지?"라고 산티아고가 물었다. 나는 그때까지 눈치채지 못했던, 그의 우쭐대는 어조를 알아챘다. 지방 사람이 아닌 상류층 특유의 어조였다. '또 다른 검은 양인가?'라는 생각에 움찔했다. 내가 태어난 계층에서 동료 이탈자를 알아챌 때는 내 안에서 무언가 본능적으로 뒷걸음치기 때문이다. 그 이유는 아마도 동일 그룹의 일원인 것이 들통나지 않기를 바라는 것으로 나의 속물근성의 증거이기도 하다. 그러나 산티아고는 그런 것은 생각하지 않았다. 그는 마치 진짜 진주와 가짜 진주를 구별이라도 하는 듯 말을 씹었다. 그는 자기가 무엇에 대해 이야기하는지 정확하게 아는 듯, 신에 대해 이야기했다. 나는 조숙한 아이였고, 이 문제에 있어서 가련한 부모님들을 피곤하게 했다. 종교에 있어 스스로 흥미를 느껴본 적이 없다고 그에게 말할 용기가 없었다. 나에게 신들은 팔이 잘린 대리석 조각일 뿐이었다. 나는 종교가 없어서 신앙의 위기도 겪지 않았다. 심지어 열여덟 살 때는 교회에 대한 신실함을 고안해내서 수녀가 되겠다고 선언했다. 그러나 나의 신비주의 열정은 오래가지 않았고, 이제 보니 경솔해 보여서 그에게 이야기할 용기가 없었다. 이것이 내게 맞는 주제가 아니라는 것을 알아챈 산티아고는 주제를 바꾸고 나에게 말해주고 싶었던 것을 이야기했다. 우리 오빠를 알고 있었다.

"어떻게 알았어요?"

"밤 생활 중에 알게 되었지."

그는 갈색 치아를 드러내며 미소 지었고 아래턱이 그의 몸에서 분리되듯 옆으로 미끄러졌다. 그러나 애정 어린 미소였다. 그가 할 수 있는 것 이상으로 전달하고 싶어 했다.

그가 학교에 들어갈 나이가 되기 전에 그의 부모님은 그를 산타아나 수도원으로 교리 문답을 배우러 보냈다. 키가 아주 작은 수녀에게 지도받았는데 그녀는 키가 작아 의자에 앉아도 발이 바닥에 닿지를 않았다. 산티아고는 성모송을 암기해서 낭송해야 했다. 말을 더듬으면 쉼표가 있는 부분일지라도 점수를 깎았다. 완벽하게 해도 확신이 없으면 별다른 칭찬 없이 연필로 만점을 주었다. 그 수녀가 그에게 모리스 드니의 삽화가 있는『종교 미술사(History of Religious Art)』를 선물해주었다. 성인 화가가 된 산티아고는 자신이 그린 모든 것은 그 그림들에 기반을 두고 있다고 말했다. 그러나 처음에는 다른 것들을 시도해보았다. 시골 헛간에서 안장들과 마구들 사이에서 초창기 그림을 그렸다. 그의 할머니는 문간에 서서 인정해주었다. 할머니만 그림 그리는 것을 장려해주었고, 나머지 가족들은 그를 동성애자로 보았다. 중등학교에서 그의 미술 선생이 과락을 시켰는데, 그가 다른 학생들처럼 그리지 않았기 때문이다. 군대에 갔을 때는 그의 두 개 성이 계속해서 조롱거리가 되었다. 그에게 유일하게 행복한 시간은 밤에 보초 근무를 설 때였다. 병영의 다른 사람들이 잠을 자고 혼자 있는 시간이었기 때문이다. 어느 날 그가 몸이 아프자 그는 군 병원으로 보내졌다. 거기서 투쿠만 전쟁에서 부상을 입고 돌아온 하사관들을 돌보는 일을 하게 되었다.

그는 제대하고 몇 주간 집에만 있었다. 밖으로 나갈 용기가 나지 않았다. 독재가 끝나자 밖으로 나가기로 결심했다. 동시대 사람들은 그의 작품을 곁눈질로 보았다. 산티아고는 그가 속한 폐쇄된 상류층 그룹에서 빠져나왔다. 또 다른 동족이자 오늘날의 압도적인 부에노스아이레스 미술 그룹으로 이동했다. 그는 아트 갤러리에서 일하는 것을 전략으로 택했다. 그것이 그 그룹에 속하는 방법처럼 보였기 때문이다. 그 당시 밤에 나가기 시작했다. 1980년대 밤의 유흥이 그를 사로잡았으며 엄청나게 방탕한 시간이었다. 에이즈가 시작되기 전의 진정한 바빌론이었다. 많은 사람들은 이야기가 어떻게 전개되는지 알고 있다. 연일 잠을 자지 않고 알지 못하는 장소에서 알지 못하는 사람들과 술을 마시고, 입에 불타는 듯한 떫고 매운맛을 느끼며 깨어 있다. 공황장애가 다시 시작되었다. 10년 동안 성당에 발을 들이지 않았으나 어느 황량한 밤에 그는 무릎을 꿇고 기도를 했다. 처음에는 별다른 느낌이 없었으나 차츰 기도가 효력을 얻기 시작했다. 그때 이후로 매일 해질녘이면 붓을 내려놓고 묵주로 기도를 한다. 그 시간에 그는 자신의 마음이 이상하게 작동하기 시작하는 것을 깨달았다. 열이 나듯 두려움이 커졌다. 그는 코리엔테스에 있는 베네딕트회 수도원 투파시 마리아(Tupäsy María)로 갔다. "수도사들이 거기서 나에게 자연에서 신을 보는 것을 가르쳐주었어. 그 신은 과라니 신들의 양상을 가지고 있는데, 내 친한 친구가 되었지." 그는 『종교 미술사』 시리즈를 그리기 시작했다. 성경의 이야기들을 선교의 대상인 식민지 정글에 이식했다. 모든 것이 섬세하고 수증기 같은 붓놀림으로 이루어졌다. 그날 정오, 그는 가끔 유혹에 빠진다고 내게 말했다. "어느 순간에 빛이 어둠을 필요로 해. 서로 양분을 취하지. 내가 계속 코카인을 습취하는 알리바이지."

그는 에이즈 검사 결과가 양성으로 나오자 부모님 집으로 갔다. "내 가족이 나를 맞아주었지만, 감염될까 봐 매일 아침 내 침대 시트를 세탁하지." 부모님 집의 거실에는 가족의 조상인 제임스 린치의 초상화가 있다. 이 사람은 15세기 골웨이의 시장이었고 자신의 아들에게 한 남성을 살해한 혐의로 교수형을 선고했다. 그때 이후로 합법적인 재판이 없이 누군가를 죽이는 것을 "린치를 가한다"라고 한다.

"모든 가정에는 나름의 린치 방법이 있지. 우리 가족은 장르를 고안해냈고, 내가 그 집에 얼마나 머물 수 있었을지 상상해봐. 그래서 내가 로마 교황청에서 임대한 이 목장에서 살게 되었지." 나에게 그날 오후 말했다.

이 말을 하기 바로 전에 나는 엉겁결에 그에게 카탈로그에 실을 글을 써주겠다고 약속했다. 그는 나에게 돈을 지불하는 대신 그림을 주겠다고 했다. "당신이 괜찮다면 돈이 더 낫다"고 그에게 말했다. 언제나 그렇듯 나는 돈이 부족했고 그림을 모으는 것은 한 번도 좋아하지 않았다. 나는 정말 우상 파괴적인 사람이라 생각했다. 내가 가진 얼마 안 되는 그림들도 다용도실에 쌓여 시들해졌다.

나는 그에게 상투적인 문구로 가득한 형편없는 글을 써주었다. 그가 인생에 대한 욕망이 있고, 그리스도의 죽음에 대해 감동을 받은 사람임을 상상하는 것은 내게 힘든 일이었다. 화가 때문이 아니라 내 부족함 때문이라는 것을 깨닫는 데 시간이 많이 걸렸다.

내가 미술의 역사를 공부할 때, 엘 그레코의 눈에 문제가 있었다는 것을 고분고분하게 믿었다. 극심한 난시 때문에 그가 세상을 그렇게 본 것이다. 나는 이제 이렇게 단순화시키는 것은 그의 우주 생성론을 완전히 설명하지 못한다는 것을 안다. 간질병이 도스토옙스키를 설명하지 못하고 결핵이 키츠를 설명하지 못하는 것과 같다. 엘 그레코의 문제는 놀라운 열의였다. 임신한 스페인 여성인 헤로니마 델 라스 쿠에바스가 아기 이름을 미켈란젤로라고 짓고 싶다고 하자 고함을 쳐서 톨레도 궁정의 유리에 금이 갔다. "여자여, 내가 그 이름을 얼마나 증오하는지 아나?" 그녀가 그것을 알 리 없다. 엘 그레코는 스페인에 있는 동안 그 전설을 숨기려고 주의를 기울였다. 그러나 로마의 미술 서클에서는 엘 그레코가 시스티나 성당을 방문한 날에 대해 이야기했다. 엘 그레코가 다시 그리겠다고 제안한, 미켈란젤로가 그린 인물들을 보고 간담이 서늘했다는 것이다. 로마 사람들은 엘 그레코가 늘 미켈란젤로를 따라잡아야 하는 상황을 못 견뎌했다고 생각한다.

 겉으로 드러나지는 않지만 가정의 전설은 매우 억압적이

다. 한 가정이 세워지는 기초석이며, 이것은 부모와 자식 간의 관계에서 서로가 무시하는 태도를 띠게 한다. 그 대가로 가문이 폐쇄성을 보인다. 나의 아버지는 세 살에 글을 줄줄 읽을 줄 알아서 일찍 학교에 갔다. 영국 유모의 손을 잡고 1학년에 들어갔으며, 짧은 바지와 풀을 먹인 칼라가 달린 포플린 셔츠를 입고 『정글북』을 들고 있었다. 첫 페이지를 펴면 끝까지 멈추지 않을 정도로 조숙했다. 여자 선생님은 이것을 믿지를 못하고 그에게 《얼굴과 가면(Caras y Caretas)》이라는 잡지를 가져오라고 했다. 어린아이가 정말 읽을 줄 아는지, 책을 암기한 것이 아닌지를 확인하고 싶었던 것이다. 나의 아버지는 그의 형 미겔 옆에서 열다섯 살에 중학교를 마쳤다. 형은 아버지보다 한 살 더 위이고 둘 다 최상의 학생들이었다. 미겔은 의대를 가려고 했다. 아버지 역시 의사가 되고 싶었으나 불편한 점이 있었다. 그는 소심해서 약간 말을 더듬었다. 말을 더듬는 것 때문에 직업을 바꾸게 했다. 구두시험을 많이 치르지 않기 위해 의학을 포기하고 건축학을 공부했다. 아버지는 형과 경쟁하는 것을 원하지 않는다고 생각한다. 이상한 것은 미겔은 의사 자격증을 받지 못했다는 것이다. 형에게 두 과목이 남았을 때 아버지는 그를 앞서 그보다 먼저 건축가 자격증을 받았다. 세월이 지나고 어느 날 미켈은 경찰서로 들어가 당번 경찰에게 말했다. "가정을 더럽히지 않기 위해 여기까지 왔소." 그는 우비 속에 손을 넣어 권총을 꺼내 머리에 겨누었다. 그가 자살한 이유는 아무도 몰랐고, 병적으로 신중한 가족이어서 아무도 그 이유를 묻지 않았다.

나의 엄마는 항상 우리 모두에 대해 큰 포부를 갖고 있다. 이것은 우리가 엄마의 기대를 저버릴 때 느끼는 뿌리 깊은 두려움과 동일했다. 자신의 잠재력을 충분히 계발하지 못하게 하는 만성 질환인 소심증에 걸렸다며, 엄마는 나의 아버지를 비난했다. 엄마에 의하면 아버지는 모든 일을 쉽게 했지만 소규모로 했다. 그의 일생 동안 라파초 나무에 매우 훌륭한 추상적인 형태를 조각했지만, 그 어느 것도 20센티미터를 넘지 않았고 전체적으로 12개에 이르지 못했다. 내가 왜 조각을 더 하지 않느냐고 묻자 영감이 떠오르지 않는다고 했다. 영감이 있어야 일을 한다고 했다. 아버지는 우리가 다른 짓을 하면 와서 어깨를 치곤 했다. 엄마는 "소심증이 아니라면 오늘날 헨리 무어가 되었을 것이다"라고 말한다. 아버지의 작품 수가 적은 이유는 배가

고프지 않은 것과 가족의 명령에 순종하는 성향의 불길한 조화 때문이라고 나는 생각한다. 사람들은 인생에서 자신이 원하는 것이 아니라 해야 하는 일을 한다고 그는 말하곤 했다. 소심증이 내 아버지의 영혼을 녹슬게 하는 것을 내가 보지 못했다면, 이 모든 것이 가족력에 불과했을 것이다. 나는 시간이 흐르면서 소심증이 좌절로 변하는 것을 보았다. 사람들은 그것을 '낭비된 재능'이라 부르고, 기술적으로 모든 것을 구비하고 태어난 누군가에게 일어날 수 있는 가장 슬픈 일 중 하나다.

그런 일이 나의 오빠에게도 일어났다. 사람들은 오빠에게 뭐든 잘한다고 했다. 스포츠에 재능이 있었고, 어느 과목이든 큰 노력을 하지 않고도 좋은 결과를 얻었고, 사진 찍는 것에도 소질이 있었다. 나는 그가 사진기를 들고 나가는 모습을 기억하지만 사진은 기억이 나지 않는다. 그가 화장실에서 현상하던 것을 기억한다. 화장실을 암실로 꾸며놓고 하늘색 모자이크 타일 위에다 사진을 말렸다. 나는 그가 언제 추락하기 시작했는지는 기억하지 못하지만 시릴 코널리의 말은 기억한다. "신들이 파괴하려는 사람들은 처음에는 유망한 사람이라고 불린다."

'피투콘(Pitucón)'은 사전에 의하면 우아하고 섬세하거나 장래가 유망한 사람을 말한다. 그러나 피투콘은 스웨터가 뚫어지지 않으라고 팔꿈치에 붙이는 가죽 조각을 일컫기도 한다. 천이 찢어지는 것을 방지하는 동시에 약한 부위를 드러내기도 한다. 나의 오빠가 하나의 피투콘, 우리 가족의 희생양이었다. 그의 아버지는 우리 엄마가 임신을 했을 때 엄마를 버렸다. 그는 아이를 가지는 것을 원하지 않았지만 엄마는 그의 생각을 바꿀 수 있을 거라 기대하고 임신을 했다. 그녀의 생각은 적중하지 않았다. 오빠는 그의 아버지를 한 번도 보지 못했다. 이후 성장한 오빠가 미국에 있을 때, 그의 전화번호를 알아내 전화를 했으나 아버지는 전화를 끊어버렸다. 그는 엄마가 전해준 섬뜩한 농담 같은 부정적인 이미지만 갖고 있었다. 엄마에게 그런 종류의 정교한 잔인함은 없었기 때문에 나는 엄마가 그럴 의도는 아니었다고 생각한다. 큰아들에 대한 엄마의 사랑은 항상 고통스러웠고, 행복보다는 걱정의 원천이었다. 우리 아버지와 결혼했을 때 오빠는 다섯 살이었다. 아버지는 오빠를 입양했고 그에게 아버지의 성을 물려주었지만, 오빠는 한 번도 자신을 가족의 일원으로 느끼지 않았다. 그것을 그날 오후 샌프란시스코에서 나에게 말해주었다. 하지만 내 기억에 그는 장남의 대우를 받았고 우리 중 누구보다도 아버지를 많이 닮았다. 오빠에게 일들이 안 좋게 진행이 되자 그는 미국으로 보내졌다. 한편으로는 가족이 그를 양아들이라는 사회적 편견 때문에 추방했다고 나는 믿는다. 또 다른 편은 자기 아버지를 찾으러 오빠 자신이 원해서 갔고, 언젠가 전화벨이 울리기를 기대하면서 그곳에 남았다는 것이다.

박물관에서 나왔을 때 오빠는 벤치에 앉아 나를 기다리고 있었다. 나는 수다를 떨었고 오빠는 5분가량 듣고 있다가 갑자기 내 말을 잘랐다.

"내가 엘 그레코에 대해 참을 수 없는 것은 너에게 종교를 투사하는 방식이야." 내가 안에 들어가 있는 동안 내내 그 생각만 한 것처럼 나에게 말했다. 잠시 침묵한 뒤 덧붙였다. "어릴 때는 신부가 되지 않기 위해 매일 밤 기도를 했었지."

나는 웃었지만 그는 웃지 않았다. 그때 산티아고를 기억했다. 두 달 전에 그를 만났다고 오빠에게 말했다. 처음에는 내 말에 불편해했다. 산티아고가 자기 작품의 회고전과 동시에 출간하려 한 자서전을 읽으라고 나에게 주었다고 말했다. 나는 그 책이 궁금했다. 책의 지루한 부분은 빼고 모두가 동일하고 단락들이 심심하다는 것을 알 때까지 단숨에 읽었다. 그의 가족들만을 위해 쓴 것 같았다. 흥미로운 부분이 하나도 없다고 나는 불평했다. 그러자 놀랍게도 오빠가 화를 냈다.

"너는 정말 이해를 못 해, 얘야. 너는 그림이나 충실히 해석해. 사람의 마음을 읽는 건 잘 못하니까."

내가 시카고로 출발하는 날, 비행기가 늦게 출발했다. 그날 아침 오빠는 자기 집에서 30분 정도 걸리는 세쿼이아 숲인 뮤어 우즈를 방문하자고 했다. 숲을 돌아보는 데는 세 가지 길이 있었고 오빠는 가장 긴 길로 가자고 했다. 산으로 이어지는 길이었다. 그 길을 잘 안다고 했지만 우리는 한 시간 이상을 걸었다. 그제야 실수를 했다고 털어놓았다. 지름길로 갔어야 했다. 우리는 길을 잃었다. 그답다. 공원 관리인이 나타나서 우리를 안내해주기를 기다리는 동안 그는 손가락 마디마디에서 소리가 나게 했다. 그때 그의 손이 말랐다는 것을 알았다. 엘 그레코의 형상 같다고 그에게 말했다. "일을 안 해서"라며 그는 웃었다. "상류층 특유의 게으름. 그들은 세대를 거쳐서 형성되었다고 하죠. 그것을 바꾸려면 적어도 300년은 걸릴 거예요."

결국 공원 관리원은 나타나지 않았고 우리가 알아서 돌아가야 했다. 숲은 침묵에 잠겼다. 오빠는 냄새를 맡는 개처럼 나무 사이를 돌아다녔다. 그리고 갑자기 오빠는 잘린 채 바닥에 쓰러져 길에 전시되어 있는 거대한 세쿼이아 몸통을 나에게 보여주었다. 1,000개의 나이테를 보니 현기증이 났다. 거기 앉아서 그것을 헤아린 사람을 생각했다. 몇 개의 나이테는 한쪽에 작은 동판으로 돌출되어 있고, 그때 일어난 역사적인 사건이 적혀 있었다. 이렇게 쓰여 있었다.

서기 909 나무가 태어나다

1325 아스텍족이 테노치티틀란을 건설하다

1492 아메리카 발견

1776 미국 독립

1990 나무를 베다

마지막 나이테는 오빠가 부에노스아이레스를 떠난 해였다.

산티아고가 나에게 글을 써준 대가를 지불하기로 해서 플로리다 가든에서 만나기로 했다. 그는 레인코트 안주머니에서 지폐 한 묶음을 꺼냈다. 그 당시 초인플레이션이 만연했다. 그는 마약 거래라도 하듯 주위를 둘러보면서 나에게 그것을 건네주었다. 나는 그 글에 대해 돈을 받는다는 것이 조금 부끄러웠다. 스페인 사람들이 말하듯이 따분하고, 몇 년 만에 쓴 가장 재미없는 글이었지만 그는 만족한 듯 보였다. 우리는 대충 작별을 하고 서로 연락을 주고받기로 했다. 나는 집에 도착하자마자 냉동고를 채우려고 중국 상점으로 향했다. 거리의 떠돌이 비센테가 그가 잠을 자는 곳인 버려진 포드 토리노에 기대서 내게 소리쳤다. "너희 집 정면은 언제 고칠 거야? 조각조각 떨어져 내리고 있어."

비센테는 비밀이 많은 사람이다. 종종 팔 전체에 타투를 한 소년이 그를 찾아왔다. 그리고 오래전에 문을 닫았지만 타니토 카스티가도르라는 옛날 이름의 간판이 아직 걸려 있는 석쇠 구이집 판금 차양 밑 모퉁이에서 얘기를 나누며 시간을 보냈다. 그 소년은 비센테의 조카다. 적어도 잠은 시에서 운영하는 임시 보호소에서 자라고 삼촌을 설득하려고 했으나, 비센테는 말을 듣지 않았다. 비센테는 그렇게 사는 것이 행복해 보였다. 그것에 대한 미적 선언에 가까운 것을 했고 세상에서 가장 멋쟁이 부랑자였다. 나는 그가 어디서 몸을 씻는지 모르지만 그는 항상 깔끔하게 몸단장을 했다. 크리스마스에는 우리 집 현관 입구와 그의 토리노에 있는 그늘을 드리우는 나무 주위를 빨간 벨벳 천으로 묶었다.

어느 날 옆집이 정치에 관여하는 노조 지도자에게 팔렸다. 근로자들은 그 집을 호화로운 싱글남들의 안식처로 바꾸기 위해 한 달 동안 밤낮 없이 공사를 했다. 그 지역 이웃들은 천장에 스트로보스코프 불빛 배터리를 설치했고, 한잔 마실 수 있는 12미터 길이의 바와 거실 중앙에 온수 풀까지 설치했다고 한다. 토요일 밤에는 선팅한 아우디 차량들이 도로를 따라 두 줄로 늘어서고, 다음 날 아침이면 비어 있는 샴페인 병들이 바깥 쓰레기통을 가득 메운다. 비센테의 차량은 우리 집 정문 밖에 있는 인도의 일부와 새 이웃의 인도를 차지했다. 어느 날 밤, 이 이웃 사람이 나를 찾아와 비센테가 차를 다른 곳에 주차하도록 설득하는 걸 도와달라고 했다. 나는 거절했다. 이틀 뒤 비센테와 자동차가 사라졌다.

그는 그 거리에서 다른 사람들에게 피해를 주지 않고 15년 이상을 살았다. 나는 그가 어떻게 이곳으로 왔고 또 어디로 갔는지 모르지만, 어느 날 그가 슈퍼마켓 모퉁이에서 줄을 서 있다가 계산대로 다가가던 것을 기억한다. 그 가게 주인인 중국 남자는 그를 쳐다보지도 않고 그에게 담배 한 갑을 던져주고 손을 흔들며 내쫓았다. 내 뒤에 동네 이웃인 나이가 지긋한 두 부인이 카트에 폴렌타, 마테차와 선원들의 비스킷을 가득 싣고 있었는데 비센테가 내쫓기는 걸 보고도 아무 말도 하지 않았다. 비센테가 사라지자 한 부인이 다른 부인에게 말했다. "모든 젊은 여자들을 다 자기 발아래에 두었다고 생각하다니, 가여운 청년." 자녀들에 대해 얘기할 때 끝에 "가여운"을 붙이는 우리 엄마 같다.

세쿼이아 숲의 일이 있고 10년이 지난 뒤, 오빠는 아파트 벽에 페인트칠을 하던 중 심장마비로 사망했다. 죽은 오빠와 아버지가 다른 두 오빠들이 샌프란시스코로 가서 그의 유품을 정리하고 그의 유골을 가지고 왔다. 그때 나는 더 이상 비행기를 타지 않았기 때문이다. 게다가 엄마는 나를 믿지 않았다. 나는 20년 전에 마르 델 플라타 집의 유산을 정리하는 서류를 바에서 분실했고, 그때 이후로 나를 쓸모 없는 사람으로 여긴다. 가족의 역할이 한번 정해지면 그렇게 지속된다.

나는 집에 쌓이는 먼지의 90퍼센트가 표피 조직이라고 들었다. 그러니 다른 오빠들이 갔을 때 큰오빠는 아직 거기에 있었다. 그들에게 집이 어땠는지 물었다. 사람들은 속일 수 있지만 그들의 음반, 포스터, 가구는 속이지 못한다. 그들은 바닥에 놓인 신문지 위에 흰 페인트 통이 있었고, 침대는 헝클어져 있었다고 말했다. 그 위에 우리가 어릴 때 엄마가 놓아주던 것과 동일한 레이온 테두리가 있는 하늘색 울 모포가 있었다. 부엌에는 피자 박스가 있었고, 피자 두 조각은 곰팡이가 피어 있었다고 했다. 이렇게 상세한 묘사에 나는 놀랐다. 나는 우리 오빠들이 이 정도로 관찰력이 있다고는 한 번도 생각하지 않았기 때문이다. 화장실 창문이 어두운색이었고 전구는 붉은색이었다. 아마도 그는 다시 사진을 찍었고 거기서 파티를 했을 것이다. 알코올 중독에서 치유된 이웃집 여성은 오빠가 심장병이 재발할 때마다 아파트 전체를 흰색으로 칠했다고 오빠들에게 전해주었다. 그러나 부검 결과 독성 물질은 발견되지 않았다.

오빠를 떠올릴 때면 그가 우루과이에서 어깨에 카메라를 메고 애인과 함께 숲을 거니는 모습을 본다. 나는 그들의 뒤를 따라갔다. 여덟 살쯤이었을 것이다. 오빠는 내가 계속 따라오는지를 종종 확인하려고 뒤돌아봤다. 그리고 나에게 집에 가서 종이 인형이나 자르라고 소리쳤다. 가족들의 검은 눈과는 다른 푸른 눈으로 나를 바라봤다. 수영장에서 수경이 물속을 뿌옇게 하는 것과 같이 이미지가 흐릿해진다. 나는 집중할 수 없어서 화가 나지만 소용없다. 그가 사라지기 전에 마지막으로 본 것은 바위에 덮인 초록과 회갈색 사이의 이끼색이다. 정확히 말하자면 내가 오빠에 대해 알고 있는 마지막은 빨간 페인트 통, 모포, 피자 두 조각과 밝은색 전구다. 이 지구에서 그의 취향에 대해 마지막으로 알고 있는 것들이다.

사람들은 신비스러운 방식으로 그들의 운명을 예측할 수 있다. 어떤 사건들은 예감의 형식으로, 실현되기 훨씬 전에 소개되기도 한다. 건강 염려증을 이야기하는 게 아니고, 진 리스가 한 말에 대한 것이다. "그리고 나는 내 인생 내내 이 일이 일어날 것을 이미 알고 있었다고 이해했다."

2년 전부터 나는 내 속에 무언가 안 좋은 것이 있다는 것을 느꼈다. 내가 흉선암 진단을 받았을 때는 안도감을 느꼈다. 림프계 조직인 흉선은 우리가 태어날 때부터 갖고 있는 샘으로, 성장하면서 다른 세포로 대체된다. 이 과정이 일어나지 않으면 때때로 흉선에 암이 생길 수 있다. 그리스 사람들에게 흉선은 영혼, 바람, 생명이었는데 아마도 가슴 중앙에 위치하기 때문일 것이다. 나는 영혼의 병을 갖고 있는 것이다. 듣기 좋은 소식이었다. 그때까지 나는 어디서 올지 모를 공격을 기다리면서 쫓기는 동물처럼 살았다. 내 가슴을 열어 종양을 꺼내고 봉한 뒤 방사선 치료를 했다. 이제 나는 몽테뉴의 말이 사실이라는 것을 안다. "사물들은 가까이서 보는 것보다 멀리서 볼 때 더 커 보인다." 병을 앓는 동안 진행되는 정제 과정 같은 게 있다. 자기 연민을 물리칠 수 있으면 불안감에서 벗어날 수 있다. 나는 이것을 방사선 치료 대기실에서 기다리는 동안 중세 문학 여교수에게 얘기했다. 그녀는 폐암을 앓고 있었고 입원 중이었다. 치료를 위해 앰뷸런스로 이동을 한다. 그녀는 나에게 대답한다.

"나는 항상 멋진 병을 갖고 싶었어요."

우리는 이곳에 매일 방사선을 쬐러 오는 일루미나티 그룹이다. 우리가 빛이 나는 것 같은 날이 있다. 환한 미소를 짓는 남자분이 있다. 그의 부인은 17년 전에 세상을 떠났고 그는 재혼하지 않았다.

"아직도 반지를 끼고 있는 거 보세요." 그가 치료받을 때 그의 여동생이 나에게 말한다. "나는 오빠한테 다른 여자를 만나라고 하지만 그는 사랑은 책임감이고 사람들을 속이면서 다닐 수는 없다고 해요."

좋은 사람 같다. 그래서 담백하고 때때로 친절하지만, 나는 이제 그렇게 단순한 마음은 없다는 것을 안다. 르나르는 "항상 착한 사람이 되는 것이 나를 죽인다"고 말했다. 내 오른쪽에는 유방암을 앓는 간호사가 있는데 고양이 털로 덮인 검정 양털 바지를 입고 있다. 공중위생 보험에서 왼쪽 가슴의 방사선 치료를 지원해주지 않아서 화를 낸다. 만일 종양이 오른쪽에 있었다면 문제가 없겠지만, 왼쪽에는 더 중요한 조직들이 있기 때문에 치료비가 더 비싸다. 그녀의 전공은 사람들의 사기가 떨어지지 않게 하는 것이고, 나에게 수첩에 적어둔 경구로 상황을 극복하는 법을 가르쳐준다. 그녀는 하나를 집어서 나에게 읽어준다. "네가 암을 갖고 있든지 아니면 암이 너를 갖고 있다." 나는 그녀를 이해한다. 병을 앓으면 책을 좋아하게 된다. 전에는 인용구에 의지하지 않았지만, 요즘 몇 달은 선고를 받은 사람처럼 나는 책을 읽었다. 즉 선고를 받았다. 자신에 대한 생각을 피하는 사람이 인용을 잘한다는 것을 나는 깨달았다.

간호사는 화학 요법을 마치고 돌아와 무늬가 있는 손수건으로 완전히 둥근 머리의 듬성듬성한 솜털을 가린다. "신의 허락이 없이는 우리 머리에서 단 한 올의 머리카락도 빠지지 않는다"고 나에게 말한다. 간호사가 되기 전에는 수녀였고 이후에는 미혼모가 되었다. 그곳은 내가 이름을 기억하지 못하는 파타고니아의 한 마을이다. 바람이 많이 부는 곳이라는 것 말고 상세한 것은 모른다. 내 기억력은 전신마취를 한 이후에 나빠졌다고 나의 엄마는 말한다. 그것은 사실이다. 전에 나는 모든 것을 기억하곤 했기 때문이다.

그녀의 왼편에 있는 부인이 나에게 "지난번에 의사에게 말했어요"라고 속삭인다. 스테로이드 때문에 얼굴이 부어 있다. "둘 중 하나요. 나를 살도록 도와주든지 아니면 죽도록 도와줘요."

맞은편에 흉부외과의가 있는데 방사선 치료를 하러 왔

다. 그는 얼굴이 수척하고 헐렁한 오버코트를 입고 있다. 내 상처를 보여주자 그의 눈이 밝아진다. 나에게 사람들의 가슴을 뒤지는 것이 그립다고 하는데, 마치 박스 속에서 동전을 찾는 것과 같다고 한다. 나에게 마치 자기 자신에게 말하듯 말한다. 아직 환자의 역할, 즉 의사의 반대편에서 바라보는 것이 익숙하지 않고 죽음도 삶처럼 신뢰할 수가 없다.

유일하게 대화에 참여하지 않는 사람은 부다다. 약 40세의 남성으로 항상 모퉁이에 앉아 있고, 크라슐라 오보베이타 옆에서 손에 모자를 들고 눈을 감고 있다. 그의 암은 머리에 있다. 왼쪽 귀의 장밋빛 상처로 알 수 있다. 이쯤 되면 나는 질병 전문가다. 그가 눈을 뜨고 일어나 문제없이 걷는 것을 보았다. 기계가 고장 나서 시간이 지체되고 치료받지 못한 것에 대해 접수 담당자와 침울한 어조로 다투는 소리를 들었지만, 우리에게는 말을 걸지 않았다. 다른 환자들과 함께 있는 것을 싫어하는 환자들이 있다. 노란색 벽, 오렌지색 팔걸이의자와 항상 낮은 소리로 요리 채널이 등장하는 플라스마 화면이 있는 대기실에서, 우리는 매일 아침 자기 순서를 기다린다. 부다는 저주받은 류트를 들고 어깨에 우울한 검은 태양을 얹은 아키텐의 왕자다. 그 남자 다음에는 아기레 벨라스코 부인이고, 그다음이 내 차례다. 나는 아기레 벨라스코의 성을 기억한다. 내가 비야 크레스포에 살고, 로욜라가(街) 다음에 아기레가가 있고 아기레가 다음이 벨라스코가이기 때문이다.

오늘 아침 자동차 라디오에서 "한랭 전선, 눈 예상"이라고 방송을 한다. 남성과 여성들이 모퉁이에서 어두운 외투를 입고 줄을 서서 방사선 치료 센터 문에서 기다리고 있는 것을 보았다. 그들은 추가 시간을 바라면서 여기까지 왔다. 저 위 하늘은 아이스링크 같은 차가운 회색을 띤다. 눈송이들이 떨어지기 시작하자 모두 고개를 들지만 놀라지는 않는다. 쉽게 놀라는 사람들이 아니다.

"신이 까마귀를 창조하지 않았다면 눈이 얼마나 단순할까?"라고 르나르가 말했다. 눈 더미들이 하늘에서 느긋하게 회전하고 소용돌이친다. 지붕 끝에서 얇은 입술을 형성하고 레이스같이 얇은 하얀 층의 눈이 인도를 덮는다. 나는 이 모든 것이 시작되자 글로브 박스에 둔 검은색 모자를 꺼낸다. 처음으로 그것을 귀까지 내려 쓰고 차에서 내려 그들을 향해 걷는다. 나는 낙담에서 부드러운 행복감과 시

적인 행복감을 느낀다. 누가 이렇게 불렀는지 나에게 기억
나게 해주면 내 모든 것을 줄 것이다.

프린트된 번역본을 앞에 놓고 안경을 썼다. 안경 너머로 들어온 제목은 「드뢰의 사슴」이었는데 그다지 친절한 시작은 아니었다. 어떤 정해진 스토리를 따라가는 식이 아닌 데다가 시공을 건너뛰는 얘기들이 짜깁기처럼 들쭉날쭉해서 그걸 이어 맞추느라 눈과 머리가 피곤할 지경이었다. 순간 나는 오랫동안 소설을 손에 들지 않았다는 사실을 상기하며 쓴웃음을 지었다.

그림 투어 회사의 가이드인 마리아라는 여성이 주도하는 줄거리는 모두 열한 개의 에피소드로 이루어졌고, 옴니버스식이다. 글은 '나'라는 화자의 개인사적인 또는 가정사적인 얘기들이 뼈대를 이루며, 그와 관련한 그림과 화가들의 이면적인 얘기들을 끌어들여 살을 붙인다. 그 이음새가 이 글의 형식적인 특징이자 묘미다. 아르헨티나 수도 부에노스아이레스를 중심으로 합죽선처럼 펼쳐지는 무대는 대륙 간의 거리를 간단히 뛰어넘기도 한다. 그뿐 아니라 시공에 개의치 않는 자유로운 이야기의 전개는 잠시도 긴장을 늦출 수 없게 한다.

각 에피소드마다 여러 명의 화가들을 개입시켜 그들이 겪어야 했던 예술가적 삶의 이면을 여지없이 도려내 흥미를 불붙인다. 알프레드 드 드뢰, 테오도르 제리코, 칸디도 로페스, 위베르 로베르, 후지타 쓰구하루, 귀스타브 쿠르베, 클로드 모네, 앙리 드 툴루즈 로트레크, 마크 로스코, 앙리 루소, 파블로 피카소, 피에로 델라 프란체스카, 장 오노레 프라고나르, 아우구스토 시아보니, 엘 그레코 등 세기의 화가들이 우정 출연한다. 이들의 작품에 대한 해석도 있으나 성장 과정 또는 기억할 만한 에피소드로 이어가는 것은 특정 작품의 이해보다는 작품 전반에 담기는 작가적 내면, 즉 작품에 깔려 있는 정서를 살피자는 뜻이리라. 어쩌면 마치 현실처럼 재현되는 화가들의 이면사는 조금은 따분해질 듯싶은 개인사 및 가정사에 탄력을 주면서 읽기를 포기할 수 없도록 이끈다.

이야기 중심의 소설과는 확실히 다른 문체와 문장 구조 그리고 이지적인 시각과 넓은 시야는 범속한 이야기꾼의 그것과는 많은 차이가 있다. 문체는 결코 유려하지 않으나 매우 감각적이어서 불현듯 소설가에 대한 욕망을 불러일으킬 정도다. 정돈되거나 정련된 글의 전개가 아니어서 더욱 신선하고 유쾌하며 짜릿하다.

줄거리를 따라가는 데 익숙한 독자를 설득하기 어려운 의식의 비약 및 단절이 아무렇지 않게 일어난다. 읽는 재미를 전제로 하는 글쓰기가 아니라는 데 이의를 달 수 없을 만큼 문맥의 구성이 감각적이다. 일상적인 얘기들이지만 편안히 읽는 것은 어느 정도 포기해야 할지도 모른다. 스토리가 있음에도 불구하고 그를 따르려 하면 글을 읽는 재미가 반감할 수 있다. 그렇다고 해서 지성을 노출시키려는 의도도 읽히지 않는다. 사실은 지적 유희를 즐길 수 있을 정도로 다방면의 지식을 통해 이루어지는 사고 체계에 의해 진행되는 스토리지만 결코 따분하지 않다.

주인공의 삶은 언제나 위태위태하게 이어진다. 뚜렷한 증상 없는 정신적 고통은 늘 가족과의 갈등에서 비롯되며, 그로 인해 세상을 바라보고 거기에 스스로를 부딪치는 모양이 아슬

아슬하다. 정신적 유대를 즐길 수 있는 사람들과의 즐거움을 포기하는 대가로 미술관이나 박물관 또는 움직이는 여러 곳에서 만나는 그림과의 교감으로 보상받고자 한다. 그림이 우리 삶에 왜 중요한 가치를 부여하는지 세세히 설명하지 않아도 책을 읽는 과정에서 충분히 납득하게 된다. 누군가에게는 그림이 삶의 전부가 되기도 한다는 사실을 상기시키는 것도 이 책의 숨겨진 힘이다. 그림의 영향력에 대한 설득이 아니라 그림과 함께하는 것 자체가 가장 고상한 삶의 방식이라는 사실을 일깨워주는 것이다.

한마디로 소설 읽기에 잘 훈련된 독자를 얕잡아 보는 지루함이 없다. 때로는 소설이면서 에세이인가 하면 일기로 착각하기 십상인 다면체의 얼굴을 가지고 있는 작품이다.

신항섭 미술평론가

고대 그리스에서 테베의 예언가 테이레시아스는 앞을 보지 못한다. 시각을 잃어버림으로써 역설적으로 미래를 보는 특별한 능력을 얻는 이 장님 신화는 서양 문화에서 눈이 갖는 특별한 의미를 역설적으로 보여준다.

서양에서 '나는 봤다(I see)'와 '나는 안다(I understand)'는 같은 의미다. 그들의 눈은 이성과 합리주의, 근대 과학의 출발이 되었고, 그 결과 근대 서양의 교양은 이 눈의 시각 문화와 떼려야 뗄 수가 없다. 그림이 근대 서양인에게 가장 중요한 교양의 가치를 지니는 이유다. 그들은 근대 문명을 만들었고, 서양의 회화는 바로 그 근대 문명을 가장 생생히, 섬세하게 담아냈다.

여기 아주 예민한 눈을 가진 작가가 있다. 그에게 우리들의 삶은 그림과 필연적으로 맞물린다. 개별적 삶의 구체성은 그림의 세밀함 속에서 설명을 얻고, 그림은 다시 삶으로 들어가는 문이 되어 삶의 결을 낱낱이 들여다보는 렌즈가 된다. 그림과 삶이 마주하는 곳에서 영혼의 불꽃이 이는 것이다.

몇몇의 그림과 저마다의 삶이 역사가 되어 어우러지는 이 섬세한 소설은, 그래서 천천히 읽어야 한다. 소설 속에서 살아 숨쉬는 그림의 화집이나 디지털 이미지를 바로 옆에 펼쳐놓고서 캔버스를 수놓은 붓질의 결을 확인하듯 읽어야 한다. 그런 점에서 이 소설은 쉽게 소비되지 않는다. 작가의 안내를 받아 작품 속으로 들어가면서 독자는 삶의 뒤안길을 스스로 오가야 하기 때문이다. 독자는 수동적인 소비자가 아니라 산보객이자 탐구자가 되어 자주 자신을 돌아보는 주인공이 된다.

텍스트의 언어와 그림의 이미지와 우리 삶이 어우러지는 신비한 지도를 하나 손에 쥔 셈이니, 어떻게 그것을 따라 걷지 않을 수 있을까? 근대 서양의 교양에 한껏 젖어들며 내 삶 자체에 질문을 던져보는 멋진 발걸음이 될 것이다.

박철화 문학평론가

이 책은 분명 소설이지만 그 안에는 서양 미술사와 화가들에 대한 구체적이고 흥미로운 내용들이 종횡으로 얽혀 있어 전문적인 미술 교양서 그 자체로도 충만하다. 아르헨티나에서 살고 있는 주인공 여성은 미술사를 전공하고 큐레이터, 미술 비평가로 활동하는 한편 부유한 관광객들을 위해 미술관에 소장된 작품들을 설명해주는 일로 생계를 유지한다. 지극히 섬세하고 예민한 감수성과 미술에 대한 전문적인 소양을 지닌 마리아는 자신의 구체적인 일상에서 빚어지는 다양한 삶의 상처와 그 조각들을 징검다리 삼아 겅중거리면서 생을 이어가고, 그 사이사이 유일한 위안과 희망을 주는 미술 작품을 꿈처럼 떠올린다. 프랑스의 초상화와 동물 화가인 알프레드 드 드뢰의 그림(《사슴 사냥》)으로부터 시작되는 이 소설에는 이후 프랑스에서 활동한 일본인 화가 후지타 및 세잔, 쿠르베, 마네, 조토, 미켈란젤로, 엘 그레코, 모리스 드니, 툴루즈 로트레크, 마크 로스코, 앙리 루소, 그리고 20세기 초 아르헨티나의 대표 화가인 시아보니 등에 이르기까지 시대를 넘나들면서 무수한 화가들이 등장하고, 그들의 삶과 회화에 대한 특징들이 상세히, 전문적으로 기술되어 있다. 어쩌면 이 책은 주인공이 사랑하는 작가와 작품에 대한 오마주로서의 기록인 동시에, 불우하고 비근하고 예기치 못한 일상의 비극 너머에 자리한 위대한 예술에 대한 동경이 문장으로 절박하게 박혀 있는 느낌이다. 미술 비평을 업으로 하고 있는 나 역시 마리아처럼 미술 작품을 감상하고 글을 쓰고 남에게 설명하는 일을 하면서 일상을 살아내고 있어서인지 그만큼 감정 이입이 되었고, 또한 작가의 미술사에 대한 방대한 지식과 날카로운 감수성에 감탄하면서 다시 읽었다.

박영택 경기대학교 교수 · 미술평론가

저자는 전설적인 작품과 화가들의 이야기를 마리아라는 여성의 평범한 일상에 매우 영리하게 녹여내며 독자들에게 역동적인 즐거움을 선사한다.

송수련 중앙대학교 명예교수

매력적인 주인공과 예술의 관계를 묘사하는 방식이 탁월하다. 독자들은 마치 그녀와 함께 그림 앞에 있는 인상을 받게 된다.

이애재 화가

이 책은 마치 동화책처럼 보인다. 드라마틱한 연결들이 눈 깜짝할 사이에 펼쳐지는 미묘한 소설이다. 눈을 깜빡이면 다른 세계에 있는 것 같다.

이보름 화가

그림으로 세상을 읽는 여자

초판 1쇄 발행 2021년 9월 9일

지은이 마리아 가인사
옮긴이 변선희

펴낸이 장종표
편집 하동국, 박민주   디자인 씨오디

펴낸곳 도서출판 청송재
등록번호 2020년 2월 11일 제2020-000023호
주소 서울시 송파구 송파대로 201 테라타워2-B동 1620호
전화 02-881-5761   팩스 02-881-5764
홈페이지 http://csjpub.com
페이스북 http://www.facebook.com/csjpub
블로그 http://blog.naver.com/campzang
이메일 sol@csjpub.com

ISBN   979-11-91883-01-5   03890

※ 책값은 뒤표지에 있습니다.